講談社文庫

死に支度

瀬戸内寂聴

講談社

目次

死に支度

老鶯《ろうおう》

　あと一ヵ月ばかりで、私は九十一歳の誕生日を迎えることになっていた。例年より足どりの遅かった春も漸《ようや》く去る気配を見せ、紅葉の新芽がいっせいに吹きまぶしい爽《さわ》やかな朝であった。

　長年私の傍《そば》に居て、影のように付き添い、手助けを務めてくれている森《もり》はるみが、まだ目覚めたばかりで、顔も洗っていないベッドの中の私を、襖《ふすま》の蔭《かげ》から覗《のぞ》き、

「おはようございます。また徹夜ですか、顔がひどく腫《は》れてますよ」

　と声をかけた。

「それでも三時間くらいは眠った」

　と、私がだるい腰を叩《たた》きながら仏頂面《ぶっちょうづら》でベッドから下りるのを待ちかねてい

たように、全身を部屋に入れたはるみが、

「お話がございます」

改った他所行《よそゆき》の口調になり、板敷の床に正座した。

「ちょっと待って、そのまま。顔だけ洗ってくる」

私は洗面所であわただしく歯を磨《みが》き、冷い水で石鹸《せつけん》もつけず顔を洗いながら、頭の中で、はるみの「お話」の中味をす速く憶測していた。はるみのそんな口調と堅い正座を、私は過去に経験している。

それは、母の妹のキクエ叔母がしばらく私の所に身を寄せた時であった。姉妹の中で一番美しかったキクエ叔母は若い時の恋愛結婚の相手とは離婚して、四十なかばで六十すぎの旧軍人と再婚し、その夫にも死別されて独りになっていた。和裁の腕がたち、呉服屋の専属の仕立人になり、結構楽に暮していた。私が京都《きようと》に居を移した時、京都に棲《す》んでみたいというので、私がすすめて同居することになった。

私は京都に移ったものの仕事の量が増える一方の時期に当っていて、かつて暮した目白台《めじろだい》のマンションの一室を東京の仕事場にして、京都と東京を往復して暮していた。

　キクエ叔母が京都の家に来た頃、はるみと似た年頃の若い娘が二人、身を寄せていた。二階建の離れのある純京風の広い家に女の子ひとりに留守番をさせるわけにはいかず、知人に依頼されたのを好都合にして、私は三人のお手伝いを一気にかかえこんでいた。他の二人も中学を出て、すぐ働きに出た少女たちなので一人前とはいえなかった。

「三人で、一人前半かな」

　むきつけに私が言っても、大きく口をあけて笑っているような無邪気さだった。三人仲のよいのが何よりと、私は京都のことは心配をなくし、いつの間にか東京にいる時間が次第に多くなっていた。

　京都へ帰る度《たび》、叔母のおかげで見違えるように隅々まで掃除の行届いた家は小ざっぱりと住みよくなっていた。叔母は待ちかねていたように私を離れの書斎につれこみ、声をひそめて、私の留守中における三人娘たちが行う不行届きの数々をまくしたてた。手先が器用で、頭がよく、気働きの利《き》く叔母の目から見れば、二十《はたち》にもならない今時の娘たちのすることなすこと目に余るのだった。

「雇われてるという意識が全くないんだよ。主人の留守をいいことに三人でキャーキャー喋って笑って、楽しいことですよ。あんたひとりが身を粉《こ》にして働いて、あんな女中なんているものですか」

「叔母さん、今時、女中なんてことば死語ですよ、お手伝いと言って」

「おてつだいなんて、舌がもつれるよ。大体なんで雇い人に御《お》なんて敬語が要《い》るんですか」

「士族も平民もなくなった時代なのよ、叔母さんだって若い時は時代の先端行ってモダンガールだったって、かあさんが話してたわよ。恋愛結婚して親類じゅうが目をまるくしたって……」

「年寄をからかうもんじゃないよ」

「ビロードの黒いマントの裏にまっ赤な繻子《しゅす》をつけてたんですってね」

「あほらし、年寄をからかうもんじゃないですよ」

要するに叔母はせっかく私と同居してみたのに、私が東京にばかり出かけるのが淋しかったのだ。電気をつけっ放しにするとか、硝子《ガラス》窓を拭かないとか、電話の挨拶が出来ていないとか、子供を産んだことのない叔母の叱言は、姑《しゅうと》か小姑《こじゅうと》のようで聞き苦しかった。

　そんな日が三ヵ月ばかり続いただろうか。東京から帰った私を待ちかねていたように、その夜遅く、離れの二階の書斎に足音をしのぶようにして上ってきたはるみが、階段口でぴたっと膝《ひざ》を揃えて正座すると、

「お話がございます」

と切口上《きりこうじょう》に口をきいたのだった。愕《おどろ》いて振り返った私の目をしっかりと見つめて、面をかぶったような硬《かた》い表情をしたままで、はるみが一息に言った。

「お世話になりました。今日でやめさせていただきます」

　舞台で下手《へた》な役者がいうせりふのように、そのことばは宙に浮いた。

「いったい、何事？　どうしたの？　わけを言いなさい。何が不満なの」

「不満なんてありません。ただ叔母さまが私どもをお気に召さないのです。私たちのすること、ことごとに文句をおっしゃいます」

「あの人は何でも人並以上に出来る人だから、他人《ひと》のすることが、すべて気に入らないのよ。はい、はいって聞き流しておきなさい。あなたたちを雇って働

いてもらってるのは私なのよ。私が満足して感謝してるのだからいいじゃないの」

「はい、でも叔母さまは先生と血のつながった方ですから、他人の私が身を引くのが当然です」

「一緒に暮せないっていうの？」

「はい、一から十まで私どものことがお気に障《さわ》るのです。姑と小姑を一緒にしたようで、口うるさくて、もう辛抱出来ません」

「ほかの二人は？」

「二人とも、こんないいところないから、辛抱するといいます。二人とも家に帰ったらもっと辛いそうです。だからこの際、私が代表でやめさせてもらいます」

およそ私にさからったことのないはるみの決意は固く、その翌日、郷里にさっさと帰ってしまった。

叔母は、はるみの決然とした身の引き方に圧倒されて、その後は二人の娘たちの機嫌をとるようになった。

　ところが二人の娘は、出て行ったはるみをなつかしがり、結束して叔母に反抗した。京都の名所めぐりを心ゆくまでしたあとで、叔母は徳島《とくしま》のなじみの呉服屋から熱心に呼び戻されたという名目をつけ、京都の家から引きあげて行った。入れちがいに、はるみが私たちの所に戻ってきた。

　二ヵ月ほどの郷里の暮しで、前よりいっそう肥《こ》えて、顔も毬《まり》のようになったはるみを迎えて、私は思わずふきだしてしまった。

　三年前、初めて四国の徳島から、私の甥の圭一郎《けいいちろう》に連れられてきた時のはるみとそっくりになっていたからだった。顔も体も手足も、まるまると肥《ふと》って、ちょっと突くと毬のように弾《はず》んでころびそうに見えた。のびていた髪を郷里でおかっぱに剪《き》ったせいか、いっそう十六歳の昔に似ていた。

　はるみは最初、父の開いた仏具屋を継いだ私の姉が、新聞に出してくれた求人広告を見て、東京に行けるという憧れだけで応募したのだった。

　雇い主の瀬戸内晴美《せとうちはるみ》という名前も知らなければ、その人が小説家だということもその時の私は全く知らなかった。当然、その人の書いた小説など一つも読んだことがなかった。

　仏具屋の奥さんが雑誌や新聞を次々取りだしてそこに出ている小説家の写真を見せてくれたが、まんまるで鼻が低い、いわゆるおかめさんで、どこかお多福の自分に似ていると思って安心した。

「ゲラゲラよく笑うし、お喋り好きやし、やさしいから、ちっとも怖いことないんよ。お料理も裁縫も習字も、私よりずっと下手なんやもん、ただ小説だけが上手。色んな人がそのマンションに住んでるよ。私が行った時ね、エレベーターで北大路《きたおおじ》欣也《きんや》と二人きりで乗りあわせたんよ、笑顔のやさしい写真よりずっといい男。美空《みそら》ひばりさんとも妹はお友だちよ」

　ひえーっ！　美空ひばりと友だちだって？

　それを聞いただけで、何が何でも、そこに勤めようと決心した。

　東京の目白台のそのマンションは見上げるように高く大きく、堂々として見るからに立派だった。徳島ではその半分の大きさのマンションも見たことがなかった。私を送り届けてくれた仏具屋の若主人が電話をいれておいたので、マンションの玄関に着くと、派手な和服の女の人がにこにこして外まで出迎えてくれていた。写真より、若く見えた。髪を全部かきあげて、てっぺんで髷《まげ》にしていた。

内に入ると、ロビーからすぐ地下の食堂へ行って、ケーキとコーヒーをとってくれた。

「はるみさんは、家や学校では何て呼ばれてるの？」

私のコーヒーに砂糖を入れてくれようとして、ずっと前からの知り合いのように小説家は気楽に話しかける。

「一つ？　二つ？」

砂糖の数をきかれたのだと気づいて、

「三つ」

と答えた。小説家は声をたてててころころと笑いながらすす速く壺《つぼ》の角砂糖を三つとって私のカップに入れてくれた。

「甘党なのね、だから肥ってんだ！」

小説家は、私の友だちのような黄色い声を出してからかった。

「痩《や》せたい？」

「痩せたい！」

なぜ鸚鵡《おうむ》返しにそう答えたのか、自分でもわからなかった。肥っていたのは小学生の時からで、一度も痩せたいと思ったことはなかったのに。

「あなたと私は名前が同じはるみでしょ。おうちや学校では何て呼ばれていたの？」

「ハンちゃん」

「あ、そう、じゃ、ここでもハンちゃんにしよう。同じ名だとまちがえるでしょ。ね、ハンちゃん」

「はいっ」

私はまた当然のように深くうなずきながら答えていた。ケーキもコーヒーも最高だった。そのあと、またエレベーターで六階まで上り、長い廊下を三人で歩いた。

廊下の右側は硝子戸の入った窓がつづき、左側は、部屋の木製のドアがずっとつづいていた。

廊下の中程にさしかかった時、小説家は一つのドアのまるい金属の把《と》っ手《て》

に、つと手をのばして丁寧に撫《な》で、仏具屋の若主人に向って、

「ここがタニザキさんの仕事部屋、お住いは地下にある」

と、ひそひそ声で告げた。

「ひえっ！　ジュンイチローの？」

「そう、湯河原《ゆがわら》の新居が建つ間、ここに仮住いですってよ」

小説家は言いながら、把っ手を撫で触った手で自分のおでこを撫でまわして、うやうやしくドアに向ってお辞儀をした。若主人はすぐ真似をしようとしたが、小説家がとめた。

「圭ちゃんはだめよ。私は、小説がうまくなるように、文運にあやかりますようにって祈ってるんだから。あなたは小説書かないでしょ」

「女にもてるようにあやかりたいよ。ナオミのような女にあいたいよ」

若主人はふざけて把っ手を撫でた手でうやうやしくおへその下を撫でまわした。

廊下の突き当りに小説家の部屋があった。中はびっくりするほど広く、外に向って大きな壁のように磨きあげられた硝子戸が並んでいるので、レースのカ

ーテンを引いておかなければまぶしいほどだった。

「ほら、ハンちゃん、ここへ来て見てごらん。向うの空に富士が見えるでしょ」

小説家に誘われて、そこに近づいた私は、広い硝子窓の彼方《かなた》の果ての青空に、描かれたようにくっきりと浮び上っている写真そっくりの形のいい富士山《ふじさん》の威容《いよう》を眺《なが》めて、深いため息をついた。

「富士の見える部屋はどのマンションも部屋代が高いんだよ」

仏具屋の圭一郎さんが言った。

「ここに移る時、この部屋しか残っていなかったのよ。広すぎて高すぎるけど仕方がなかった。ハンちゃんの部屋は玄関のすぐ脇《わき》にあります。三畳くらいだけど、充分でしょ」

生れて以来、自分の部屋など持ったことのない私は、声が咽喉《のど》にからんで返事が出なかった。私たちの立っている富士の見える部屋が一番広く、応接セットや飾り棚つきの家具が揃っていた。びっしり壁一杯に本の並んだ書棚の向うにキッチンがあり、その奥にバスルームがあった。一通り部屋を案内して、書斎兼寝室は汚くしているからと見せてくれなかった。圭一郎さんは東京で仕事があるとその後すぐ引きあげようとした。私はエレベーターまでの長い廊下を送りながら、訊《き》いた。

「あのう、あの方を何てお呼びすればいいんですか」

「あ、そうか、やっぱり先生かな」

「シェンシェイ……ですか」

圭一郎さんが笑いだした。

「ほら、ぼくたち徳島の人間はセの発音が出来ないんだよな、シェンシェイになってしまう」

私はセンセイと言ったつもりだったのでびっくりした。

「あのう、それから、あそこは先生ひとりですか」

「いや、男の人がひとり居るよ。昼間は仕事に出てるけど、夜は帰ってくる。どうして？」

「風呂場に、男の人の浴衣《ゆかた》や洗面道具がありました。私も家族も先生ひとりだと思いこんで……」

「そうか、じゃ、おれと一緒に帰る？」

「……でも、もう来てしまったから……居てみます」

「居てみてよ、その男の人もとてもいい人だよ、やさしいからさ」

「その人、先生の旦那さんじゃないんですか」

「うん、ま、恋人だな、結婚はしてない。それにそのうち別れるかも」

私は頭がこんがらがってきたが、帰る気にはならなかった。今日会ったばかりのあの人が想像していたより、ずっとさっぱりして若々しかったからだ。それに私はあの人に好かれたという自信のようなものがあった。

父は私が小学校に上る前、脳溢血《のういっけつ》で死んでしまい、母は兄を先頭に姉と私をかかえて、せまい畠《はたけ》をひとり守り、他の家の手伝いなどもしながら、苦労して育ててくれた。私だけはソ連に抑留されていた父が帰国してから出来た子供だそうだ。

兄は早くから大阪《おおさか》に出て働きながら専門学校を出て、薬の会社に勤めている。姉は去年結婚して、母を安心させたばかりだった。私さえ働くようになれば、少しは母を楽にしてあげられるのだ。

一番甘えっ子の私が東京に行くと決めた時、母は一晩くすくす布団の中で泣いていた。それに気がつかないふりをして、私も母よりもっと長く泣いていた。

食事は地下の食堂や近所の店から運ばせるてんやものなどで間にあわせ、大あわてで母に教わってきた味噌汁や卵焼きを添《そ》えると、先生はみんな美味《おい》しい、上手《じょうず》だとほめながら食べてくれる。そのうち、料理学校に通う手続きをしてくれた。週三回料理学校に通っている私に、先生は更にその頃雑誌やテレビでよく宣伝していた痩せる教室へ通えと、さっさと手続きをしてくれた。私がはあはあ苦しそうな息をしているのが見苦しいと思ったのだろうか。

先生の恋人の亮太《りょうた》さんは、先生より若く、何とも言えないやさしい目でじっと顔を見つめてくれる。仕事を始めたら、きつい表情になり、ぶすっとして口もきかなくなる先生より、ずっとのんびりして話し易《やす》かった。夜遅く帰ってきて、朝は早く仕事場のスタジオに行くので、めったに顔を合わすこともなかったが、会えば親身になり、実の兄や叔父よりずっとやさしかった。

「スタジオって何ですか?」

と訊くと、歌手や俳優たちが歌を吹きこんだり、演技を撮《と》る所だという。

「見に来る？　いつでもつれてってあげるよ」

「そこの社員ですか？　月給は高いんですか？」

「ぼくがスタジオの経営者だよ。友だちと二人で、それを立ちあげたの、ま、社長さんだ」

「ひえっ！　そんな偉い人だったんですか」

「ちっとも偉くなんかないさ、ハンちゃんはほんとに素直で可愛いね。先生が蔭でとてもほめてるよ、ずっと居てあげてね」

そんなことを言う亮太さんの顔付や声を、私もすっかり好きになっていた。

料理学校の月謝も、痩せる教室の受講料もみんな先生が払ってくれていた。両方とも何万円もする高額がもったいなくて、私は料理学校は半年でやめてしまった。包丁の使い方や、肉や魚の切り方や、サラダのドレッシングの作り方など覚えてしまうと、後は応用で何でも出来そうだった。

痩せる教室は、風呂に二分ずつ、出たり入ったりを十ぺんもくり返したり、炭水化物を食べず、八種類の食物を食事毎《ごと》に食べるなど、面倒なことが多かったが、テレビで見覚えのある女優さんや歌手やモデルも熱心に通っているので、私もつづけていた。たしかにぐいぐい肉が落ち、デパートでぶら下りのサイズの服が着られるように痩せた。逢《あ》う編集者たちが口を揃えてほめてくれるのでいい気分になっていたが、そのうち口をきくのも辛くなり、おなかが空《す》いて泣きそうになってきた。ある日、たまらなくなってしくしく泣いていたら、いつの間にか先生が傍《そば》に立っていて、心配そうに何が辛いのかと訊いてくれた。

「おなかが空いてたまらないんです」

と、わっと泣きだすと、先生はびっくりして、私の肩を抱き寄せ、

「そんなに辛いなら、もう減食はやめにしましょう。とてもスマートできれいになったけど、ノイローゼになったら元も子もないわ。やっぱり好きなだけ食べて陽気な方がいいわね」

終りの言葉は吹きだし笑いの中で先生は言い、私の好物のカステラをうんと厚切りにして、紅茶に角砂糖を三個いれて、さしだしてくださった。

ハンちゃんが私のところに来た当時のことを一挙に想いだしながら、私は硬い表情の今朝のハンちゃんの次のことばを待っていた。ハンちゃんは揃えた膝の前に指までころころ肥った両手をついたまま、

「突然ですが今月一杯でお閑《ひま》をとらせていただきます」

という。呆気《あっけ》にとられて理由を問う私に向って、

「十六の時から六十八になるまでずっと勤めさせていただいてほんとにありがとうございます。お蔭さまで先生のお世話で見合もさせていただき、話がまとまって主人と結婚する時も、京都の家から花嫁姿で出していただき、主人も雇っていただき、二人の子供も大学を卒業させられました。それぞれ仕事につき、私たちは申し分なく幸せです。お蔭で家も建てました。すべてこちらに勤めさせていただいたお蔭です。五十年以上も先生と御一緒に、親より長い歳月暮させていただきました。でも私には、先生のお体がこのところぐっと衰弱なさっているのが見えます。先生は年がら年中我武者羅《がむしゃら》に夜も眠らないで、書きつづけていらっしゃって、御本人はおわかりでないようですが、とてもお体は弱っていらっしゃいます。何といっても、もう一ヵ月で満の九十一歳ですも

の。老衰して当り前でしょう」

私は言葉に詰《つま》った。

八十八歳の時、突然旅先で腰が痛くなり、歩けなくなった。一つの病院では脊柱《せきちゅう》管狭窄症《かんきょうさく》と宣告され、直《ただ》ちに入院したものの手術に応じなかったので、十日ほどで特製のコルセットと痛み止めの薬だけ貰《もら》って退院してしまった。

次の病院では圧迫骨折と診断され、手術が厭《いや》なら家で何もしないで大人しく寝ていろと言われた。その道の大家だと評判の高いドクターは、

「普通の人なら三ヵ月じっと寝ていたら自然に治ります。しかしあなたははじめに自己判断して痛みをこらえて講演や法話の旅をつづけて無理をしているし、何といってもお年ですからね。まあ、半年は寝てもらいましょう。そうすればきっと治りますよ」

と言う。その時、初めて私は自分の老齢を思い知らされた。いつの間に私はこんな年寄になってしまったのか。たしか宇野千代《うのちよ》さんが、風呂場の鏡に全裸の自分の姿を映し、海から上ったばかりのヴィーナスの姿を模したポーズをとり、まだまだ自分は美しいと満足を味わったすぐあとに、

「でもその時、わたしの眼はれっきとした老眼だし、鏡は湯気で煙っていたのだった」
と書き添えたのを読んだ時は、思わず吹きだしてしまったが、あの時の宇野
さんはまだ七十代の終りくらいではなかったか。
宇野さんの米寿《べいじゅ》のお祝いの会では、風呂に入っている上半身ヌードの大きな
写真が舞台の壁一杯に映し出されて、参会者たちを驚愕させたものだった。
腰を痛めた私にはとても宇野さんの真似は出来ない。
寿賀《じゅが》はすべて数え年で行われるものだから私の満八十八の圧迫骨折は、まさ
に卒寿《そつじゅ》の時ということになる。卒寿で圧迫骨折になり半年仕事もせずベッドに
縛りつけられているといえば、誰もが、これで次第に体力が弱り、死ぬだろう
と予想するのが当然だった。見舞ってくれるどの人の目の中にも、そういう気
遣いが隠しようもなく浮んでいた。
なぜか私は自分が人々の予想のようにこのまま弱って命が尽きるとは思えな
かった。
自分で歯も磨けず、顔も洗えず、トイレにも行かれない状態でいながら、な

ぜか心はうっとりと、いつでも半分まどろんでいるような甘やかな気分に浸っていた。二十八歳で少女小説の原稿料を得て以来、ペンを休ませたことのない私が、職業作家になって六十年過ぎ、初めて連載の原稿まで休載し、ばんやり時間をつぶしていた。

そんな悠長なことが可能だったのは森はるみをはじめ、当時、私の傍に居て働いてくれていた五人の心優しい女たちの働き以外の何ものでもなかった。いつの間にか増えていた彼女たちは、私の秘書の仕事やら会計やら、家事の一切を手わけして片づけてくれていた。私は雨戸一枚開けず、お茶ひとつ沸《わか》さず、ひたすら起きている時間のすべてを書くことに費してきた。

この国の文壇への登竜門とされている芥川賞も直木賞も貰わず、ひたすらただ書きに書くことだけで、自分の小説家としての道を切り開いてきた。

森はるみは肉の厚い背をまるめたまま、まだ手を突き頭を下げていた。もう十年近く彼女は糖尿病患者で、自分でインスリンを打っているほど重症だった。合併症が出て目も悪く、脚もいつ切断されるかと医者に注意されている。

「何年になる？　ハンちゃんが来てくれてから」

「五十二年になります」

打てば響く速さで答えが返ってきた。

「はあ……半世紀もね……」

私は涙声になっていた。私の目に涙がこみあげるのと同じ速さではるみの肩が震え涙が膝前に揃えた手の甲にしたたり落ちてゆく。

五十一歳で私が突如として出家得度《とくど》した後も、彼等夫妻はずっと私の傍に居つづけてくれた。

彼等が所帯を持ち、私の許《もと》から離れ、別々に暮すようになってからも、電話一本で、真夜中でも、未明でも、たちまち駆けつけてくれた。彼等に留守をまかせきり、何の不安もなく、私は世界中を飛び廻ってきた。

「ハンちゃん、もう、私はそんなに長く生きていないわよ。あと、もう少しだもの。このまま最期《さいご》を見届けてくれない……」

「そう思っておりましたが……」

ようやく背をのばした姿勢になり、彼女はくすっと笑った。

「どうやら、私の方がお先に逝《い》きそうで……先生はお仕事さえ減らされたら、百まで大丈夫です。でも、今のままでは絶対御無理です。先生のお友だちの作家の方たちも、学生時代からの仲よしの方々も、次々亡くなられていらっしゃいます」

彼女が一人一人思い出しては指を折って挙げてゆく亡くなった作家たちや、私の旧友たちの名前を聞きながら、私は小きざみに体を震わしていた。生きていた日の彼等の笑顔や声が身のまわり一杯に押し寄せてきて、なつかしさと切なさでまたしても涙がこみあげてくる。

「私たちを養って下さるためにお仕事が減らせないのです。どうか先生のお好きな革命をもう一度なさって、この際思いきって暮し方を変えて下さい。お勤めをやめても私たちは電話やメールで呼んで下されば、いつでもすぐ駆けつけます」

襖の外に他の人たちも集ってさっきから息をひそめている気配を感じた。

「みんな入ってきて」次々襖の向うから姿をあらわす。どの顔も涙目になって、いつになく動きもしおしおとしている。

「私がこんなふうに誰からもびっくりされるほど多量に仕事が出来てきたのも、あなたたちみんなのお蔭ですよ、第一、あの圧迫骨折で身動きも出来なかった私を、あなたたちが心を合せて最高の看護をしてくれたお蔭で私はこうして生き返ったのよ。編集者もお友だちも、みんなそれを知っていて、感動してくれています。私にとって、あなたたちは血のつながった肉親よりも濃い縁者なんですよ。どんなに、感謝しているか……」

泣き声になるのを必死で抑えながら話しつづけた。

「感謝してるのは私の方です。愉《たの》しかったじゃないですか、ほら、桜が咲いた、牡丹《ぼたん》が開いた、沙羅《さら》の花が散ったといっては、私たち水いらずでお酒のんだじゃないですか」

「清滝《きよたき》へ蛍《ほたる》見に行くのも欠かしたことなかったですよね」

「社員旅行だといっては、ハワイも沖縄《おきなわ》も、東北も、北海道もつれていってもらいました」

「そうよ、どこに行っても私たちが観光している時、庵主《あんじゅ》さんはホテルに居残って原稿ばかり書いてましたよね」

「受賞パーティがいくつあったかしら、盛大で愉しかったわ。あんな時、みんな見ちがえるようにおしゃれしたのよね」

口々に話す思い出はすべて過去形だった。

私はその一つ一つの話にしみじみ心を打たれながら、ふっと心のどこかから山彦《やまびこ》のように響いてきた声に耳を傾けていた。

――これもチャンスかも。ここで変るのも悪くないか……今度こそ、これが最後の私の革命、九十歳、卒寿の革命か、まさか今からそんなエネルギーがあるだろうか、どうせ間もなく死ぬのなら、やってみたら……そのため死期が一年、二年早まったところで大した問題じゃなし――

じわじわ体の底から熱いものが燃えてくるのを抑えつけながら、私は彼女たちに、私と暮した年月の長さを問いはじめていた。

「私はもう二十六年になります」

「私も二十二年すぎたわ」

去年の春入ったばかりの二十四歳の一番若いモナ以外は、五十代の終りか六十をとうに越えている。

「うわ、みんな年より若いからそんなお婆さん揃いとは気づかなかった。若作りのうば桜揃いだ」

声を揃えて笑い声をあげたので、しめった空気が一掃された。

還暦前後の彼女たちが、孫が三人だ、うちは四人だなど報告する。

少し考えさせてほしいという答えで、みんなに引きとってもらうことになった。一番最後に去りかけた竹田直美《たけだなおみ》がおだやかないつもの表情で閉めかけた襖の間から話しかけた。

「今年は気候がすべて遅れるのでしょうか、私がこちらへ来てはじめて、この春は鶯《うぐいす》の声を聞きませんでした。でも今朝やっと私が門を入った時、鳴声が聞えましたよ」

「やっぱりつがいで来てた？」

「さあ、それはわかりません。声だけで姿は見えませんでしたから」

女たちの中で直美が誰よりも庭の花や小鳥の生態に興味を持っていた。旅先の私に電話で、

「今朝、白梅《しらうめ》が一輪、開きました」

とか、どんな鳥が訪れましたとか知らせてくれるのだった。直美は寂庵《じゃくあん》の「生きものがかり」だと私に命名されている。

生きものだけでなく、私は彼女に私の生活の会計のすべてを任せきっている。唯一の金銭がかりだった。みっともない話だが、私は六十年もペン一本にすがって生きながら、自分の現在の原稿料の値を知らない。この一枚がいくらになるなど考えていては、小説など書けるわけはないと思っている。自分の作品がはじめて本になった頃から何年かは、本の出る度、最後の頁に、自分の印を一冊毎に押したものだったから、その手応えでその本の評価が予期できたものであった。ところがいつの間にか、印を押す習慣が消えてしまい出版社と著者の間だけの申し合せで、いくら版を重ねても紙切れ一枚の報告があるばかりになった。それを手間がはぶけて好都合と思ううち、根が金銭感覚のずぼらな私は、自分の本がもたらす印税の額さえ数えられなくなってしまった。

直美の人柄と能力を信用して以来、私は収入支出のすべてを直美にゆだねきって一切自分では構わなくなっている。彼女の背後にはこれも信用しきっている公認会計士に面倒を見てもらっていた。

「直美さん、私にお金頂戴、二十万いるのよ」

「ちょっと、ちょっと直美さん、今期のボーナスみんなに払えるかしら」

など唐突に訊く度、直美はおだやかな表情をちっとも変えないで、

「受取りだけはなくさないで下さいね」

「はい、大丈夫ですよ」

などとさりげなく答えてくれる。

七歳年下の夫の転任にともなって、九州から京都に移って間もなく、通りすがりに寂庵の法話を聞いたのが私たちの縁のはじまりだった。京都で仕事のなかった頃、閑にまかせて度々寂庵の写経《しやきよう》に訪れるうち、私に声をかけられて、私の手助けをするようになっている。

襖を閉めようとする直美に声をかけて、私は招き寄せていた。

「ね、私はもしこれから働かないとしたら、あと何年食べられるの？」

「ギネスブックにのるほど長生きされても大丈夫です。でも座して食えば何とやらで、お金ってどんどん減っていきますしね、やっぱりこの際、思いきった生活の変革なさった方がいいと思いますよ」

「はい、ありがとう、考えます」

「あらっ、ほら、鶯がまた鳴いていますよ、ほらまた」

めっきり耳の遠くなった私には、その声は全く聞えなかった。

「春が過ぎてから鳴く鶯を老鶯というのよ。声もしっかりしていい声で、ホーホケキョとはっきり鳴くでしょ」

襖は閉っていて、直美の姿はとうにそこから去っていた。

春の革命

台所で、食べ終ったばかりの食器を洗いながら、私は首を廻して背後の壁の時計を見た。七時二十分と確めると、思わずひとり笑いがこみあげてきた。こんなに早く、こんなに食器の数の少い朝食を私は四十年近くもこの寂庵でとったことがない。たいてい寂庵に居る時は、深夜も、早朝もひたすら机にしがみつき、書きに書いていて、私の眠りは深い代りに至って短い。スタッフたちの就業時間は朝九時から午後五時まで、昼食休みは適当にと決めてあるので、九時ぎりぎりまで誰も出勤して来ない。彼女たちが揃い、いっせいに雨戸をくったり掃除の物音を賑《にぎ》やかにたてはじめると、ようやく私は目を覚まし、寝足りない仏頂面で、みんなに「おはよう」と声をかけるのだった。まだ頭の中に書きかけの原稿が重くわだかまっている時は、向うから「おはようございます」

と挨拶《あいさつ》されても耳に入らず、むっとした顔つきのまま、返事もしない時があるらしい。彼女たちは、長い歳月の間に、私のそんな表情の意味も読みとっていて、そういう時は自分たちも足音をつつしみ、黙って香り高いコーヒーだけをさしだしてくれる。

「どうかもう台所に来ないで下さい」

台所一切を取りしきっていたハンちゃんこと森はるみから、ある朝、面と向って宣告されたのは何年前のことだったか。

「どうして？」

「だって、先生が台所に見えると、必ず食器の数が増えるんですもの」

聞いていた他のスタッフが声を揃えて笑う。私が台所で何か手出しをすれば、粗相して食器を割ってしまうということなのだ。一緒に昼食を取りながら、岡本《おかもと》かの子《こ》はよく台所で自分が食器を割ることを食器の数が増えると表現したと、笑い話にしたことを覚えているのだ。そのかわり、私は彼女たちがどんな高価な食器をこわした時も怒ったためしはない。

「物は、いつかはこわれるのよ。人は必ず死ぬ。逢った者は別れる。それが人生の法則だから。こわした時はごまかさずに、今度から気をつけますと、謝ればいいのよ」

自分の粗相に脅《おび》えていたスタッフは、ほっとした顔になり改めて両手をついて謝るのだった。その真似をして、私はかしこまってハンちゃんに深く頭を下げた。

「いやだ、そんな芝居みたいなことをして、からかわないで下さいよ」

年と共に体つきにも性根にも貫禄を増してきたはるみを、昔のままハンちゃんと呼ぶのは私だけで、次々増えてくるスタッフたちは、誰が言いだしたか、みんな「お姉さん」と彼女に呼びかけ、自然に敬語を使うようになっている。年中旅に出て留守がちか、在庵の時には仕事に追われて上の空の私は、頼りにならないと見え、いつの間にか全員が何事によらずはるみの指示で動いていた。

私の食事の世話は、はるみが一手に引き受け、ほとんど他のスタッフに手を出させない。

外食することはめったになく、夫の信吾《しんご》が生真面目で物堅く、唯一、酒だけに目がなく毎日晩酌を欠かせないせいで、いつの間にか気の利いた酒の肴《さかな》など、手早く用意できるようになっていた。料理学校も半年足らずでやめてしまったくらいなのに、彼女の料理の腕は冴《さ》えてきて、朝食など一流ホテルの日本食の朝食のように豪奢《ごうしゃ》だった。旅が多く、外食も多く、年と共に舌の奢《おご》ってきた私でも、彼女の作る朝食には文句のつけ様もなかった。

「一昨日《おととい》、おとうさんが鰻《うなぎ》を食べに祇園《ぎおん》の鰻屋につれていってくれました。結婚記念日だったんです」

「それはおめでとう」

「やっぱり、人に作ってもらった料理は美味しいですね」

「信吾さんとふたりで外食したら、何を食べたってハンちゃんには美味しいのよ」

「そうでもないですよう」

照れていつもより高い声をあげ、コンパスで描いたような丸い顔を笑み崩れさせるのを見ると、結局この人に、私は臨終の面倒まで見て貰うことになるのだろうと思うのだった。

食事の世話ばかりではなかった。十六歳で彼女が私の許《もと》に来た時から、和服を着ていた私は、収入が増えるにつけ、そのほとんどを、敵《かたき》のように使い果す勢いで着物道楽をはじめていた。最初は、着物を脱ぐ度、丹念に自分の手で衿《えり》や袖口を拭いたり、アイロンをかけていたが、いつからともなく、着物の面倒まで、ハンちゃんに任すようになっていた。几帳面《きちようめん》な彼女は簞笥《たんす》の引出しに張紙をして、どこに何が収っているか、一目で解るように整理していた。そのうち、着物に合せた帯まで、私に確めるまでもなく揃えて出せるようになっている。

糖尿病が進み、目が不自由になっても、襦袢《じゆばん》の衿のつけ替えは自分がすると、人にゆずらなかった。

「ほんとは、目がほとんど見えないんでしょ、無理しないでほかの人にやらせなさい」

「はい、でも、長年のカンで、手が勝手に動いてくれますから」

そう言われると、それ以上、ほかの人に替わらせるとは言えなくなってしまう。

五十一歳の秋、私が突然出家して以来、下着から上まで、すっかり法衣《ほうえ》に代ってしまっても、着物の係はハンちゃん一筋であった。舌がもつれるような、法衣の繁雑な呼称を、私より早く呑《の》みこんで、次第に増えてくる寺関係のつきあいに応じて、しきたり通りの法衣を揃えることも正確になっていった。

あれは、私の小説のモデルになってもらった祇王寺《ぎおうじ》の庵主の智照尼《ちしょうに》が亡くなった時のことだった。報《しら》せをきいて歩いて数分の祇王寺に駈けつけ、なじみのある智照尼の居間に横たわっている遺体に別れを告げた。尼に仕えている人たちは、弔問客《ちょうもん》との対応に忙しく、その部屋には私以外誰もいなかった。九十八歳の老尼の死顔は、おだやかな美しさに包まれていた。洗いたてらしい浴衣の衿をきっちりと合せ、顔は天井を見上げている。六畳のその部屋で、智照尼は終日、崇拝者からの手紙に返事を書き、好きな俳句を作っていた。たまには私もその部屋でお茶をいただきながら、華麗だった出家前の想い出話に聞き入ったりした。その部屋の窓ぎわの机の上に尼の白衣《はくい》と下着がきちんと畳んでおかれていた。浴衣から着がえて旅立つ衣なのだろうか。羽二重《はぶたえ》のその白衣は、仕立てられてから余程の歳月がすぎたのか、全体に繭《まゆ》色にくすんでいた。

最期まで尼に仕えた若い姉妹の妹の方が部屋に入ってきて、

「これ、庵主さんの遺詠です。どなたに渡したらいいでしょう」

と訊いた。色紙に美しい薄墨の文字が流れていた。

露の身と
すずしき言葉
身にはしむ

智照尼は若い頃、心の潔白を示すため、疑った男に自分の小指を斬って見せた烈《はげ》しい情念の人であった。

波乱万丈の運命の中で、死ぬまで続けていた句作である。「ホトトギス」の同人で、高浜虚子《たかはまきよし》の薫陶《くんとう》を受けていた。

祇王寺から走るように帰ってくるなり、台所にいたハンちゃんの側に息を切らせて駆け寄った。

「ハンちゃん、私の白衣、みんな手を通しているでしょ。まっさらを急いで用意しておいて」

と言うなり、祇王寺で見てきた繭色にくすんでしまった智照尼の白衣のさまを話した。

「なかなか死ねないと羽二重は黄ばんでくるものらしいわ」

ハンちゃんは洗いものの手を休めず、平然と言った。

「用意は出来ています。三年毎に下《おろ》して、新しいのに更《か》えています。万一私がお先に逝《い》っても、誰にでもわかるようにそのトランクには張紙してあります」

「へええ、さすがはハンちゃんね、ついでに私にも見せておいて」

ハンちゃんは顔色も変えず納戸《なんど》に私をつれていくと、二つの使い旧《ふる》したトランクをひっぱりだして見せた。「庵主死装束」と張紙した白いトランクの中に、まっ白の下着から腰紐《こしひも》の類《たぐい》まで整然と入っていた。足袋《たび》もまっさらのが二足ある。

「どうして足袋が二足なの？」

「私ひとりの縁起かつぎです。もしかして、お棺の中でよみがえったら、足袋をはきかえて帰ってきて下さいと」

私は笑おうとしたのに涙があふれてきて、その場にしゃがみこんでしまった。

もう一つのグレーのトランクは、「入院用」という紙がはりつけてあった。

「いざという時、万一私がもういなくても、これを持っていけば、当分病院で不自由しませんから」

涙がとまらないまま、私は身をよじって笑いだしていた。

まさかと、内心あたしも他人《ひと》も思っていたのに、先生は「春の革命」とやら粋《いき》がって、とうとう一番旧《ふる》くからいる森はるみさんの意見に従い、寂庵の大改革をやってしまった。

「みんながいなくなってもモナひとりでやっていける?」

ある日、珍しく深刻な顔つきで先生からきりだされた時、あたしはうかつにも反射的に「やります、やってみます」と力強い声で断言した。それを聞くなり、うちの先生は晴れやかな表情になって、

「そう、じゃ、やるか!」

と口の中でつぶやかれた。その瞬間、早まった! と思っても後の祭り。一

たん口から出た言葉は引返してはくれない。

　寂庵へ勤めはじめたのは二年前の春、今年はもう三年めに入っている。英語が好きで、語学専門の大学の英語科を受験し、どうにかすべりこんだものの、入ってみたらみんなまわりは秀才ばかりで怖《お》じけづいてしまった。でもあの子たちよりあたしの方が可愛いわと自分を慰めていたものの、どうひいき目に見てもあたしの成績はビリから数えた方が早い。プライドばかりは人並より高いあたしは段々滅入ってきた。我家は若草物語日本版で女三人姉妹。お姉ちゃんはあたしより二コ年上で、小学生から優等生で中学も高校も上から三番と成績が下ったことはない。妹はあたしより七コ年下でおじいちゃんおばあちゃんのペットだけれど、いつの間にやら声楽の才能に目ざめ、さっさと自分で音楽専門の高校なんかに入学し、将来は歌で身を立てるんだなどと決めこんで迷いはない。

　驚いたことにお姉ちゃんのマユは、国立の大学へ入ったと思ったら一年もたないうちにつき合う学生ができて、結婚してしまった。

　こう言えば、姉妹の中で、あたしが一番ダメ人間みたいに思えるが、とんでもない。何度もくり返すが、三人の中であたしが一番可愛くてチャーミングなのである。どう公平に見ても事実はまげることが出来ない。とは言え、そう信じてるのはあたしだけで、姉も妹も自分が一番魅力的だと思っているようだ。二人とも自分の才能に自信があるのに、あたしだけ能無しみたいでくやしいと思い、ある日、突然発憤して、猛勉強したら、次の学期は、学年で三番になってしまった。家じゅうで呆然としていたが、あたしが「能あるトラは爪をかくすのよ」って胸を張ったら、お姉ちゃんが、すかさず、

「トラじゃなくてタカよ」

っていう。どっちだっていいじゃん。成績が上ったため、学校が二年間カナダへ留学させてくれることになった。お姉ちゃんは国立大学で学費がやすかったのに、あたしの学校は高かったので、学費を出してくれるおとうさんに気がひけていた。その上留学の費用も自己負担が大きいので、いっそう気がひけたが、おとうさんは何も文句をいわず、二年間仕送りをつづけてくれた。

カナダからアメリカにも行ったし、外国人の彼氏もできたし、あの二年間は最高だった。

留学から帰ったら、同級生たちは就活真只中になっていて、すでに七割は就職先が決っていた。あわててあたしも就活に飛びこんだが、これが思った以上に難関で、何枚履歴書を書いたか覚えがない。面接もどれだけ受けたか覚えていない。十コや二十コくらいまでは数えていたが、百回もこすと、もうやけくそになって、数えることもしなかった。たまたま世の中が急速に不景気になっていたせいもあったが、あたしのような売れ残りは一杯いて珍しくもないらしかった。大学の友だちが、祇園のお茶屋にアルバイトに行ってるので、無理矢理つれて行ってもらったら、まだ四十代にしか見えない女将《おかみ》さんが、親切に履歴書を見てくれた上、

「うちはもう、男の子のアルバイトもやとうてしもて、これ以上やとう余裕はないのんよ。でも、ちょっと心当りがないでもないから、待っとってごらん、ただし、ええ所があったら、すぐそっちへ就職しなさいね」

と言ってくれた。祇園のお茶屋なんていえば、豪勢な広い家で、家具などもピッカピカだろうと想像していたが、その「松の家」というお茶屋は入口もせまく、万事旧めかしくて、大正時代の町家《まちや》のような感じだった。驚いたこと

に、せまい玄関から上りがまちの二畳ほどの部屋の壁際に、お茶屋らしくない本棚があって、そこにずらりと瀬戸内晴美と寂聴の本の新旧が並んでいた。

あたしはその作家の名前くらいは知っていたし、新聞やテレビで坊主頭の尼さん姿を見たことはあったが、その人の小説など一冊も読んだことがなかった。あとで「松の家」でアルバイトしているランちゃんに聞いたところによると、今の女将さんのおかあさんで、亡くなった先代の女将さんが、瀬戸内晴美の小説のモデルになった縁で親類より深いつきあいをしているとかいう話だった。

それにしてもお茶屋の玄関の間に小説本を並べておくなんて、変った趣味の女将さんだと思った。

「もしかしたら、女将さんの心当りというのは、この作家のとこかもね、嵯峨《さが》野《の》に寂庵てお寺の小さいのがあるらしいよ」

ランちゃんは身を乗り出すようにして囁いてくれたが、あたしには実感がなかった。

家に帰っておかあさんに事情を話したら、

「まあ、おそらくだめね、そんな話まとまるもんですか。第一、モナはおよそ文学と縁遠いし」

と言下に否定した。あたしはすっかり不貞腐《ふてくさ》れてそれ以来、就活に背を向け、まっ昼間から映画を見たり、友達と遊んだりするばかりだった。

いよいよ、大学の卒業式があと半月という時、すっかり忘れていた「松の家」の女将さんから電話が入った。

「明日空いてる？　心当りのお方が逢《お》うてみてくれはると、いうてくれはったんやけど……」

あたしは何て答えたか覚えていない。とにかく朗報にちがいなかった。

女将さんに伴われてはじめて訪れた寂庵は、広い庭にしだれ桜が滝のように下っていて、軽い木の扉を押して入ると、空気が門の外と全くちがっていた。

さすがにコチンコチンに堅くなっていたあたしは、さっぱりした洋間に通されて、その人に面会した。

黄色の作務衣《さむえ》を着た小柄な坊主頭の人が部屋に入って坐るなり、ろくにあたしの方を見もしないで、女将さんに話しかける。

「景気はどう？」

「さんざんどすわ、もう首くくりたいくらい」

言葉と反対に、女将さんはお茶屋にいる時よりくつろいだ表情になって、甘えたような声を出している。

「今日はこのあと宴会が大阪でひとつ入ってますさかい、この娘《こ》、届けっぱなしで、うち失礼させてもろてよろしいですか？」

「それは御苦労さま、早《はよ》う行きなさい」

あっという間に、あたしをその場に残して女将さんは出て行ってしまった。

二人きりになった時、尼さんの小説家はあたしの顔をまっ直《す》ぐ見て、

「初体験はいつ？」

と訊いた。突然だったので思わず正直に、

「高校二年生です」

と答えてしまった。

「それって、今時は遅い方？　早い方？」

「遅い方かも」

「昨夜若い人の小説で読んだばかりだけど、高校二年で、つきあう男の子のいない娘《こ》は、よほどブスか、魅力がない娘なんだって？」

あたしは魔法にかけられたように、

「はい」

とうなずいていた。

「つきあった男の子は何人？」

さすがにあたしは返答に困った。むっとした顔つきになって黙っていると、

「答えなくていいのよ。そんな質問、する方がおかしいよね」

はっはっはと声をあげて笑うのが男のようにいさぎよかった。

「私はもう充分と思ってたんだけど、スタッフたちが忙しすぎるからもう一人増やしてくれっていうの、みんな気のいいやさしい人ばかりだから、来てみる？　仕事は徐々に覚えますよ、あ、念のために訊くけど、あなた文学少女？」

「全く」

これだけははっきり言っておかなくては、すぐ化《ば》けの皮がはげること受合い

だもの。

「ああ、それならいいわ。うちは文学少女はお断りなの」

「どうしてですか？」

「文学少女は決って、整頓《せいとん》下手で掃除下手で使いものにならないのよ」

面接はそれっきりだった。そのあと、直美さんを紹介され、給料のことなど直美さんから申し渡された。それであたしは晴れて寂庵に採用されたのだ。

迷いはしたが、結局私の考えの落着いたのは、ハンちゃんの提言を受けいれて、彼女のいみじくも言った私の好きな革命、爛漫《らんまん》の、「春の革命」を寂庵におこすという結論だった。

私の決心を聞いた会計士の辻卓也《つじたくや》は顔色も変えず、

「そういうことに決れば、早い方がいいですね」

と、てきぱき彼女たちの退職金を割出してくれる。寂庵を開く時、私が生きているうちに銀行の莫大《ばくだい》な借金を払えるだろうかと不安がっていたら、

「寂庵を開いて、書くお仕事もつづければ十年たたないうちに、十人の人を養

っていらっしゃいますよ」

と涼しい顔で予言した。二言めには、

「こうしたら、稼げた気になりますが、先生は、お金の入る方がいいですか、名誉を大切になさりたいですか」

と決りきったことを必ず訊く。

「名誉が大事に決ってるじゃありませんか」

「はい、わたくしもそう思っていますが、一応念のため、お気持を伺ってみるまでで……」

働けば働くほど税金を持っていかれる口惜《くや》しさに、私がヒステリーをおこしても、辻会計士は笑って取りあおうとしない。いつの間にか自分は会長におさまり、社長の席は長男の正也《まさや》に譲って悠々と暮している。

「そろそろ、遺言を書いておいて下さい。いくら御長命でも卒寿ですからね」

と笑うのだった。どんな家でも、主人の死後は肉親の遺産争いのおこらない家はないというのが辻会計士の経験から来た結論だった。「骨肉の争いはほんとに見苦しく浅ましく、つくづくこの商売が厭《いや》になります」

辻氏は噛《か》んで吐《は》きだすような口調で、何度も私に言った。

湾岸戦争の時、イラクに乗りこんだ時だけ、私は帰れないかもしれないと予想して、初めて遺言を書いた。

一行だったと思う。もし遺産と呼ぶべきものがあるなら、すべてをたった一人私の産んだ、三歳の時捨てた娘にということだったと思う。その遺書も失くしてしまい、文面も覚えていない。

生々流転《しょうじょうるてん》、諸行無常《しょぎょうむじょう》。この世のすべては移り変る。人の心も。人の心が一番変り易いかも。

ロシア文学者の湯浅芳子《ゆあさよしこ》さんは、毎年、正月二日に遺書を新しく書き直すことを年の始めの行事に決めていた。

「あのね、去年の遺言にあんたにあげると書いといた私の寝室の油絵ね、あれ、今年書き直したからね、あんたは去年あれこれ気に入らないことが多かったから気が変ったの、あの絵は竹西寛子《たけにしひろこ》にやりますからね、そう遺言書き直したよ」

という調子である。女性ではわが国で一番はじめにロシア文学に傾倒して、

『森は生きている』などの翻訳を残している。

京都の魚河岸《うおがし》の大きな魚問屋さんに生れた人だが、理財にたけていて、翻訳はそれほど売れた様子もないのに、軽井沢に地つづきに別荘を三つ建てていた。真中は自分で使い、左右を人に貸していた。その家賃が高いのも有名だった。私は『田村俊子《たむらとしこ》』を書く時、俊子の全盛時代から熱烈なファンだった湯浅さんと、そのレズビアンの関係の山原鶴《やまはらたづ》が同棲している雑司《ぞうし》ケ谷《や》の松寿庵《しょうじゅあん》に近づき、取材した。日本女子大の寮監を長く勤めあげた山原鶴は、松寿庵では宗《そう》雲《うん》という茶号《さごう》で、江戸千家の茶の師匠をしていた。私はまず宗雲に茶の弟子として入門して近づいた。それはすぐ見破られ、ある日突如として、

「あなたは何の目的があってここへ通ってくるのですか」

と詰問《きつもん》された。鋭い鶴の詰問に抗しきれず、私はその膝前に平伏して、田村俊子が書きたいからという本音を告げた。鶴は私を破門にせず、かえってそれ以後、時間のとれる限り、彼女のつきあってきた田村俊子の印象のすべてを教えてくれた。それは二階に共居している湯浅芳子の留守に限られていた。湯浅芳子が私のようなちんぴらの半人前に、俊子を書かせるわけにはいかないと思

っていることも笑いながら伝えてくれた。

「だから、資料をあげるわけにはいかないのよ。でもあなたがそれを拾うことは自由でしょ」

といい、帰りぎわ、松寿庵の門の外に私を立たせ、中から塀ごしに大きな風呂敷包みにつまった俊子と鈴木悦《すずきえつ》のおびただしいラブレターと、悦のカナダでの日記を投げ捨ててくれた。私はそれを叩頭《こうとう》して拾わせて頂き、『田村俊子』を書きあげることが出来た。その作品で出来たばかりの「田村俊子賞」の第一回を受賞するなど、夢にも考えたことはなかった。湯浅さんと山原先生は、俊子が恋人の鈴木悦を追ってバンクーバーに発《た》つ時、互いに見送りに行ったのを、俊子が引きあわしたのだった。

金沢《かなざわ》市長の娘として育ち、おっとりした性質《たち》の鶴をしっかり者の芳子が護ってやれという俊子の思惑があったのだろう。それ以来二人の仲は俊子の願望通り、無二の仲としてつづいた。湯浅芳子は満九十三歳、山原鶴も九十五歳までと稀《まれ》な長命に恵まれている。山原鶴は異母妹の尾崎一雄《おざきかずお》夫人に最晩年引きとられて安らかに永眠している。湯浅芳子は長年の山原鶴との同棲を一方的に解消して、ひとり、浜松の「ゆうゆうの里」に入っていたが、鶴の死の直前には小《お》田原《だわら》の尾崎家へ鶴を見舞い、最後の別れをしている。

わがままで、気まぐれで、短気な湯浅芳子の個性的な性格のすべてを理解し、どんなわがままもゆるし、最後まで友情を守りぬいたのは、ひとえに山原鶴の巨《おお》きな人柄と深く広い愛情によるものだろう。

湯浅さんの遺言書き換えの話を私は笑いながら山原先生に告げた。

「あ、そう、わたしにもいつも遺言を書け書けってうるさいのよ、二人とも結婚してないし、子供はいないし、誰に何を遺《のこ》すんですか、湯浅さんは不動産が少しあるし、お金も株なんかでいくらか持ってるのかしらね、でも大したことないですよ。あの油絵は何だかひどくお気にいってるけど、出入りの古美術商が売りつけたもので、画家も名のない人で、わざわざ遺言に書くほどのものじゃありませんよ」

と、笑っていた。それでも二人とも湯浅さんの個性と一徹さと、ひとりよがりの純粋さが好きなのであった。『孤高《ここう》の人』という題で小説ともエッセイともつかない作品に、私は湯浅芳子さんを書いている。何の賞も得なかったが、

「これくらい湯浅さんが書けているものはない。これはいい作品だよ」

と、湯浅さんをよく識《し》っている評論家からほめられている。

「何をひとりでニヤニヤしてるんですか、思いだし笑いの顔ってイヤラシイと、先生がおっしゃいましたよ」

いつのまにかモナが私の書斎の入口にきて口笛を吹いている。私の耳が益々遠くなったのをからかって、高い口笛を吹いて、

「聞えた？」

と私の反応をためしては喜んでる。

胸にささげてきたお盆のコーヒー茶碗を指さしながら、

「ハイ、これは何でしょう」

「コーヒーに決ってるじゃない」

「何というコーヒーでしたか」

「カプチーノ」

「はい、よくできました」

モナが来てから、私はカプチーノが大好きになった。

「どうして外《ほか》の人にやり方教えないのよ」

「だって、あたしが唯一得意なのは、これだけですもん、誰にも教えるものですか」

「私に教えてよ、夜中にひとりで書いてる時はお酒呑めないし、カプチーノがとてもほしくなるのよ」

「その時だけでしょ、モナがいたらいいのにと思うのは」

「まあ、そうかな、あら、どうして？　カプチーノ置いてってよ」

「モナは心が傷つけられました。心こめて淹《い》れたのに、もうあげません」

「まあ、まあ気を静めて、怒ると美人じゃなくなるよ」

「美人は怒るとよけい美しくなると先生の本に書いてありましたよ」

「そんなアホなこと書いた覚えないけど」

「老齢の方は何でも忘れちゃうんですね。九十一歳ですから、忘れるのを恥じてはなりません」

「ところで、カプチーノは、何を使ってるの？」

「エスプレッソマシーン」

「英語の発音、そんなに気取らないでよ。一字ずつ言って」

「エ、ス、プ、レ、ッ、ソ、マ、シ、ー、ン」

「あら、それってデミタスのコーヒーの機械じゃない？」

「そうですよ。もうここに十年も前からあるという超ボロいヤツ」

「ボロで悪かったわね、買った時は、どこもまだ使ってなかったんだから」

「先生だってデミタスは自分で淹れられるのに、ミルクが泡立てられないんでしょ、ここのスタッフ誰もできない」

「どうしてモナにできるの？」

「あたし、一年ほどカフェにバイトに行ってたんです。その時覚えた」

「内緒で私に教えてね」

「いやですよぅ、あたしの唯一の特技を誰が教えるもんですか」

「ふうん、じゃいいよ、今遺言の下書してるんだけど、モナには何もやらないって書いておく」

「げっ？　それはあんまりですよう。あの、シャネルの白のバッグひとつに負けときますから、ぜひぜひあたしにって書きいれて下さい。それっていつまでに書くんですか？」

「会計士の辻先生は、早くってとても急がせるのよ、何しろ、お年ですからって」

「ごもっともです」

「その言葉、ちょっとヘンじゃない？」

「じゃ、どう言えばいいんですか」

「この頃、逢う人ごとに言うじゃない、ベテランがみんないっせいに居なくなって、どうなることかと心配したのに、庵主さん、前よりお若くなったみたい！　って」

「お世辞、お世辞！　九十一歳にもなって、人の甘言にすぐ乗るんだもの、目が離せないですよ」

「はっはっはっ、ほんとのほんとを言えばね、九十三か、四で死にたいの、それが理想」

「あと、二年か、三年ですか？　そうですね、一年くらい早くなるかもしれませんよね」

「モナがさっさと結婚しないと、私、式に出てあげられないよ。寂庵にいたら、ほんとにあっという間に時間がすぎるのよ。前にいた幸子《さちこ》さんも洋子《ようこ》ちゃんも二十三、四で来たのに、気がついたら三十すぎていた。やっぱり、結婚したいなら早い方がいい。若いとやり直しも出来るし」

「母があたしのここの就職が決った時言いました。あそこへ行ったら、先生の言うことはあんまり聞かないようにって。あの方は特別の人だから、おっしゃることの反対をしてれば丁度いいよって」

「あははは、モナのお母さんて、あんなに美人でおすましなのに面白い人ね」

「でもいっしょにいるって凄いですね、だんだん感化されてきて、あたしなんか、近頃とても怪しいですよ」

「私はあなたが来てから、それはよく笑うようになった。それに、自分の知らないことが、世の中にはなんて多いのだろうって、びっくりしてばかりいる」

「ほんとのこと白状します。とてもあたし、先生のような頼りない人とふたりでやってくの不安ですよう。セコムの人が泣いてましたよ。夜中に電話すると、先生が出て、『誰もいません！』ってどなってガチャンと切るんですって」

「だって仕事が佳境《かきょう》に入った時の電話なんて聞く耳持ちますか」

「いい年して革命好きなんて厄介《やっかい》ですね」

「青春は、恋と革命よ、私の信条」

「待って下さい、青春って、誰のことですか。まさか！」

「？」

母コハルの死

起きぬけに朝刊を広げたら、片隅の死亡欄に九十一歳の死者の名が三人並んでいた。男ばかりで死因は揃って老衰とあった。他には七十一歳がひとりだった。これも男だった。どの人も私には縁がなかった。

さすがに自分と同年の九十一歳が三人も揃って並んだのを見ると、いささか胸がざわめいた。こうして見ると七十一歳の、死因腎盂《じんう》癌《がん》という死者が、ひどく若死のように感じられるのが奇妙だった。

私の毎朝の見聞によれば、案外九十代の死人は少ないのである。最も普通によく見かけるのが、七十代、八十代で、六十代の死者などは、若いのにまあ可哀そうと、同情さえきざしてくる。

九十一歳の死亡者が三人も並ぶということはめったにないことだった。それほど卒寿まで生きるのは難しいのかと思ったとたん、ついこの間、週刊誌が、日本ではついに百歳以上の老人がすでに五万人にもなったと報じていたことを思いだした。要するに九十代の老人が居ないのではなく、九十代も百代も、老人という老人が容易に死ななくなってきたということなのだ。

私は肉親が揃って短命だったこともあり、自分もその血筋がら、長命には縁がないものと決めていた。むしろ子供時代から文学にかぶれていたせいか、短命で美しい詩や文を残して惜しまれて死んだ薄幸の文学者に憧《あこが》れてさえいた。まさか自分が九十一歳の今まで生きつづけようなどとは夢にも思わなかった。

大正《たいしよう》十一年（一九二二）五月十五日に阿波《あわ》の徳島に生れた私は、当時の習慣としてお産は里に帰ってするものなのに、例外として母の婚家、つまり夫と暮していている家の奥座敷で、町の産婆の手によって、母の胎内から引き出されたということだった。

その時産婆は、私に産湯《うぶゆ》を使わせながら、

「気の毒じゃけんどこのお子は一年とは持つまいなあ」

とつぶやいたという。産湯を手伝っていた祖母のラクにこっそり言ったつもりらしいが、耳の遠くなっていた産婆の声は大きく、障子一つへだてた産室の母の耳にもその声ははっきり伝わっていた。

町の子供のほとんどを取り上げている腕ききの産婆の言葉は、神の託宣《たくせん》のようなものとして産婦の耳に届いたらしい。

六年前、姉を産んだ時は二十をすぎたばかりだった母の躰《からだ》は、若さにはち切れそうだったが、この数年の間にすっかり躰が弱くなっていた。五年ぶりで妊娠したのに、無事に産めるだろうかという不安をずっと抱えていたのだった。

父豊吉《とよきち》は四人きょうだいの末っ子で、姉一人兄二人の三男に当っていたが、父が生れて二つの時、父親の峯吉《みねきち》が、町に来た女芝居の座長に惚れこんでしまい、その一座と一緒に家族を捨てて出奔《しゅっぽん》してしまった。讃岐《さぬき》の引田《ひけた》で和三盆《わさんぼん》の製造を盛大にしていた三谷《みたに》家は、突然の主人の蒸発によってたちまち傾き、金になるほとんどの物は抜け目のない番頭の手に渡ってしまった。おっとりした若主人の峯吉に飲む、打つ、買うの道楽を教えこみ、女座長との間まで取りもった悪党と渡り合えるような気の利いた者は、三谷家には誰もいなかった。

夫に取り残された妻のラクは、四人の子供を育てることに手一杯だった。和三盆を造る機械も、道具も職人も、すべてを失い、がらんとした家と土地だけが辛うじてラクに残された。広い家のほとんどを人に貸し、お方《かた》さまとあがめられていたラクは、衣裳道楽で集めた数えきれない着物を、片っ端から売り尽し、他人の家の台所仕事でも子守でもなりふり構わず引き受けた。三人の子の後に、忘れた頃、ひょっこり出来た末っ子の豊吉がラクにはどの子よりも可愛くてならなかった。父の愛を一切知らない豊吉に、いい暮しを何ひとつさせてやれなかったのが、ラクにはいじらしくてならなかった。

小学校に上ったら、成績がずばぬけて良いと先生からほめられる度、ラクは嬉し涙がこみあげてきて口が利けなかった。中学へやりたかったがその学費の工面《くめん》がつかず、五年生で卒業するのを待ちかねて世話する人を頼って徳島の和家具の製造家に住込弟子として預けるしかなかった。ラクは豊吉の出発の日が近づくにつれ、その支度をしながら泣いてばかりいた。

子供の中で一番不幸せな星の下に生まれてきたと思うのに、豊吉はどの兄や姉よりも明るく、母にやさしかった。ラクは豊吉を徳島に送り出すなり、どっと床についてしまった。

産婆の声を聞いたとたん、私は気が重くなった。恐れで乳が止ってしまったらどうしようとあわてた。そのあとから、だって一年も持たない命なら乳だっていらないじゃないか、いやいや一年なんかで死なせるもんか、せっかく十ヵ月も私のお腹に宿ってくれた子だもの、どうしたって生かせてやろう。お姑《かあ》さんが同居することになってから生まれたので、艶《つや》はお姑さんが猫可愛がりして育ててくれた。夫の上の兄はほとんどすべてを失った三谷家の主人として家系を継ぎ、海産物の問屋の勤め人になっている。気の小さい優しい人のところに気の強いしっかり者の嫁が来て、たてつづけに年子《としご》を三人も産んだ。この元気な兄嫁と、おとなしい姑の気の合わないことに心を痛めていた夫の豊吉が、ある夜、いつもより濃い性愛を楽しんだあとで、ようやく人心地を取り戻した私をまた抱きよせて囁《ささや》くように言った。

「頼みがあるんだけど」

「まあ、改まって何ですか？　私これまであなたにさからったことなんかひとつもなかったでしょう」

そう言ったとたん、私には夫の頼みがはっきりわかった。

「あ、お姑さんのことやね、いいですよ、ここへ来てもらって、私たちと一緒に暮してもらいましょ。お姑さんさえ私をお嫌《いや》でなければ」

夫はものも言わず、また私を激しく愛し直してくれた。結婚の初夜には夫の動物的な行動に恐れをなし、壁にしがみついて身を護ろうとした幼稚な私が、気の長い夫の導きで、漸く性愛の歓びを感じるようになっていた。

気の合わない兄嫁の許から私の家に姑が移って間もなく、私は妊《みごも》っていたことに気がついた。

長女の艶が生れて小学校に上るまで、姑のラクがつきっきりで猫可愛がりしながら育ててくれた。

艶に手をかけない分、私は年々に増えていく夫の住込弟子の世話と、商売の客あつかいに精力を費していった。

夫の弟子は、夫が和家具屋の住込弟子であったように、すべて住込みだった。一人増え二人増えして、いつの間にか十人もの弟子がいた。家は間口は広くなかったが、奥に長い矩《く》形《けい》の二階家だった。二階が弟子たちの部屋に占領されていた。店の入口には家庭用和家具のあれこれ、塵《ちり》とりから餅《もち》つき臼《うす》やきねまで。台所の荒神さまの小さな社《やしろ》から、座敷で拝《おが》む神棚から真赤なお稲荷《いなり》さんまであった。台所用の杓子《しゃくし》も、踏台もあった。それらは店に置ききれないほど多いので雑然と重りあい、どこに何があるか誰にもわからない。わかっていて、客の注文に応じて即座に取り出せるのは私だけだった。私は客の応対も次第になめらかになり、愛想笑いも自然になっていた。私が旧いシンガーミシンを踏んで、夫や弟子たちのシャツやズボンを手速く縫《ぬ》うのを見て、夫はある日、象嵌《ぞうがん》ミシンを店に据《す》え、板に描いた模様を象嵌に切り込むため、私にそれを踏ませたりした。弟子たちの食事は飯場《はんば》用の大鍋で炊《た》いた。弟子たちの食事の用意と洗濯に手伝いの娘を通いで一人やとうようになった。店からつづいた細長い板の間が仕事場で、弟子たちがかんなくずだらけの中で物造りをしているので、客は安心して品物に信を置いた。

弟子たちは夫を親方と呼び、私を姐《ねえ》さんと呼んだ。片親の子が多いのは、夫が片親と聞いただけで、自分の身内のように無条件で引き取ってしまうからであった。

夫の好みで私は普段丸髷に結い、衿元のぐっとあいた、丈の短い割烹着《かっぽうぎ》を自分で縫って着ていた。

店は益々繁昌《はんじょう》した。

「この店の前を通っただけで、活気が足に伝ってくる」

と客に言われるほど活力が店にあふれてきた。

夫の唯一の楽しみは一日の仕事が終って晩酌をすることだった。いつの間にか夫は食卓に坐る席を決め、自分の背後の壁際に、一升瓶《びん》を十本ずらりと並べておくようになった。一本を飲み尽した後に、私がす速く新しい一本をおぎなっておく。つまり毎晩夫は背後に十本の酒が並んでいないと機嫌が悪くなるのだった。私が酒の合わない体質なのを夫は残念がったが、話し相手にして毎晩長い晩酌をつづけた。

夫婦の仲の好さについて二人で寝床の中で語りあったことがあった。

「そんなのわかってるじゃないか。ふたりとも揃って零落《れいらく》した家の出だからよ。それに片親どうし。はじめから貧しいのと、もとは栄えた歴史のある家が零落したのとではちがうんだよ。コハルはきょうだいの中の長女だから弟や妹より、一番家の盛んだった空気を吸っている。オレの方は反対に末っ子だから、物心ついた時から、零落そのもののぼろぼろの空気しか知らない。それでも吸った空気は隆盛だった頃の華やかな匂いをどこかにからみつかせていた。いつか、きっと父が吸い尽して骨の芯まで酔っぱらった贅沢《ぜいたく》の空気をオレ自身で吸ってみせると心に誓っているんだ。いつまでもこんな雑な店で終りはしない、オレにはまだまだ夢がある。この頃、はっきりわかってきた。コハルさえ傍にいてくれたら、オレの夢は実現出来るような気がする」

夫の夢は私の夢と、心の中で叫んでいた。どんな途方もない夢でも私は夫と一緒ならそれを追いつづけてゆくだろう。夢を持つ男と結ばれたことをつくづく幸福だと思っていた。

夫の家に負けないくらい私の里の富本《とみもと》家も零落をつづけていた。

　代々庄屋で徳島の南の莫大な土地の地主でもあった裕福な家の長女に生れ、乳母日傘《おんばひがさ》で育った私は浄瑠璃《じょうるり》のようなコハルという名をつけられていた。母のサトは私たちの住む土地よりもっと南の佐那河内《さなごうち》の山村から嫁いできて、私を頭に五人の子を次々産み遺して死んでいった。私の十二歳の時であった。

　母に急逝《きゅうせい》されるまで私は自分の着物を畳んだことさえなかった。脱ぐ片端から何人もいる手伝いの女が競争で畳んでくれた。そんな私に、村人から聡明《そうめい》を謳《うた》われ、「よう出来《でけ》たお人」と尊敬されていた亡母サトの代りが勤まる筈《はず》がなかった。

　幼い弟妹の面倒を見るより一緒に遊ぶ方が似つかわしい間柄で、父がサトの代りに「コハル、コハル」と呼びつづけるのを真似て、弟も妹も姉さんともいわず「コハル、コハル」と口にしてはやしていた。

　田舎町《いなかまち》では目ぼしい遊び場もないので、子供たちは広い自分の家や庭を駆け廻って遊んでいた。それをとがめる力もなく、私は広い邸《やしき》の奥の陽《ひ》の当る部屋で本ばかり読みふけっていた。

　すぐ下の妹のキクエはことあるごとに、

「コハルさんは母親代りに私たち弟妹の面倒を見たなんてほめられてるけど、およそ面倒なんか見てもろたことない。いつでも陽当りのいい奥の部屋で一日中寝ころがって、本ばっかり読んでた。掃除や台所仕事はほとんどした様子もない」

と口惜しがっていた。近くに本屋もない田舎町なので、貸本屋がまめに廻ってきた。貸本屋も心得てこの辺《あた》りで最高の上得意である私のために、好みそうな小説本や女性雑誌をせっせと運んできた。

本を読んでいる以外は、ぼうっと心をどこかに遊ばせて、人に呼ばれても、すぐにはふりむきもしないようなのんびりした娘に育っていた。

父は百姓仕事が嫌いで、祖先から受けついだ田畑をすっかり売り払い町に移った。

父が町で開いたのは米屋と菓物屋だった。

広い間口の半分は米屋で、半分は色とりどりの菓物を並べていた。暗い米売場に比べて菓物売場は、田舎者なのに舶来好きな和三郎《わさぶろう》が、しゃれた外国産の菓物などを色どりよく飾り並べる工夫をして、道行く人の足を止めさせた。

交通の要路の両国橋《りょうごく》の袂《たもと》にあり、賑《にぎ》やかな花町の入口にも近いので、父の店は予想以上に出だしよく繁昌した。

年頃の私と、まだ少女めいているが人目につく派手な顔立のキクエが並んで店に出ていると、菓物の色どりにも負けないほど人寄せの魅力になるようだった。

キクエはこの頃から店番の傍《かたわ》ら、好きな裁縫《さいほう》の個人教授を受けに、夜も休まず通いつづけていた。

「お父さんのように、急にとんでもないことを思いついたり、実行したりする人って、あんまり当《あて》に出来んと思う。うちは、ひとりでも生きていけるように、仕立物の腕を上げたい。姉ちゃんは本読むしか能がないから、さっさと嫁に行けばいいよ」

大真面目な顔つきで断固と言うキクエの見幕《けんまく》に圧倒されて、私は黙っていた。

――うちやって、夢がある――

と言い返したかったが、さて、自分の胸を覗いて見ると、四歳年下のキクエの言うような、自信のあるはっきりした「夢」の姿は捕えられないのだった。

無口で愛想笑いも上手とは言えないものの、身動きが軽いのと、計算が速く確かなのが認められ、コハル目あての常連の客もつきだした。若い男たちより、中年の客が多かった。その客たちは、米や菓物を買った後で、コハルの淹れるお茶を呑みながら、縁談を持ちこんでくれる。和三郎はそんな話に相好《そうごう》をくずしながら、

「まだ嫁入修業の何ひとつ出来ておらんもので。何しろ母親に早う死なれましたので」と、やんわり断るのだった。

そのうち断りきれない勢いで持ちこまれた縁談《はなし》があった。亡き母の妹のトミからのものだった。トミは早逝した姉に似ず、万事に目立ちたがりで、女にしては背も高く、目鼻立ちが大きな舞台顔で、行き過ぎようとした他人が必ず振り返ってみるような個性を持っていた。早くから徳島へ出て電話の交換手などしているうち、徳島でも有数の米問屋の主人の内妻に収ってしまった。

秋月藤右衛門《あきづきとうえもん》は家業を継ぐのを嫌い、早くから大阪に出て貿易の仕事など友

人と手がけていたが、仕入れたウール布地を積んだ船が事故にあい、積荷に水がかかり大損をして徳島に帰ってきた。その時大阪からつれてきていた女が、秋月家の古風さと行儀作法の厳格さに耐えきれず逃げかえって以来、藤右衛門は独り身を楽しんでいた。その秋月とどういう成行で縁を結んだのか、いつの間にかトミが藤右衛門の内縁の妻として収り、内向きの采配をしっかり握っていた。

トミの話は、秋月家の借家の一つに住んでいる男が和家具の職人だけれど、腕もいいし、人柄も魅力的だし、実家も恥かしくないからコハルと結婚させようというのだった。藤右衛門もこの縁談には大賛成で仲人役をしてやってもいいと言う。相手はもうこの店へ何度か客としてきていてコハルを見ているから見合いの必要もないと早口でまくしたてるのだった。

腕だけが財産の職人というのが和三郎には不安だった。いつか秋月家に行った時、見た覚えがあるが、せまい露地ひとつへだてているその借家は、間口もせまく、品物も細々としていて何の魅力もなかった。

「今は茶碗二つ箸《はし》四本で始めるけれど将来必ず、ひと角の者になってみせると言ってるのよ、男らしいでしょうが」

トミが一言発する度、和三郎の不安は増すものの、こうと思ったら誰の言葉も聞かず自分の思いを通してきたトミの気性を識っているだけに、和三郎は一応おだやかに礼を言ってトミを送りだした。

「呆れた縁談《はなし》だ。茶碗二つ、箸四本から新婚生活を始めるって？　よくもそんなでたらめな縁談持ってきたものよ」

和三郎が怒れば怒るほどコハルは叔母の縁談に心が惹《ひ》かれていた。何といっても恒産《こうさん》のない男など当にはならんという和三郎のことばに、かえってコハルは反感を抱いた。金銭で苦労したことのないコハルは、金銭の貴重さやその威力についても不感症だった。何もない丸食卓に茶碗が二つとその横に二本ずつの箸がそえられている図が、瞼《まぶた》の裏にくっきりと浮び上ってくる。それはコハルにはいっそすがすがしく映っていた。私はせめてお皿を二枚だけは持って行こう。そうだ湯呑みも二つ。

コハルはもう自分が秋月家の隣りの間口のせまい借家の主になったような気持がしていた。

母コハルからこんな話をきれぎれに聞かされるようになったのは、私の家が何度めかの引越の後、眉山《びざん》の真下の大工町《だいくまち》に落着き、神仏具商の看板をかかげて後のように思う。

その家は町でも旧くて大きな質屋を蔵ごと父が買い取ったものであった。人の涙を一杯飲んでいる質屋など縁起でもないと、母が珍しく頑強に反対したが父はきかなかった。

南川《みなみかわ》質店は四代も続き財を成したというが、今となっては家族の誰も継ぎたがらず、新しい鉄筋の邸宅を佐古町《さこちょう》に建て、旧い暗い質屋はそのまま売りに出したものだった。江戸の錦絵のような家構えは、古風すぎて、現代の人の住いにはふさわしくは見えなかったが、神仏具店の横長の大看板をかかげてみると、いかにもその文字にふさわしい建物のように思えた。その家に家族で移り住んだのは昭和十年（一九三五）の春前だった。

大工町に住みはじめたのは昭和四年（一九二九）の二月頃であった。その四月から私は新町《しんまち》尋常小学校に入学した。その時の家は東大工町二―一七番地で、大工町通りから、小学校へ曲る道の角に家があった。すぐ後ろが大家さんだった。階下の半分は父の弟子が三人戻ってきて仕事場になっていた。作るものは家庭用の小さな神社や、祭祀《さいし》用の小物だった。またこの頃から、仏壇も製造しはじめ、父はいつの間にか漆《うるし》を習って、店の奥の押入れの中は漆の室《むろ》になっていた。器用な父は漆の扱い、金箔の張り方などいつの間にか習得していた。私はこの家から六年間小学校へ通った。家から走っていけば三分で校門にすべりこめる近さであった。質屋だった家は、この家から通りをへだてた斜め向いにあり、やはり通りの角家であった。

母の危惧を他所に、質屋跡の家には幸運が次々舞いこんできた。向いの家から移って間もなく、私が受験した徳島県立徳島高等女学校から連絡があり、入学式で祝辞に対する答辞を読めということだった。入学式は明後日に迫っていた。母が興奮して赤くなった顔で使いに来た先生らしき人に訊いた。

「あのう、もしかして答辞を読むというのは、入学試験が一番だったということでしょうか」

姉がバカッというように母の腰をつねっている。背広にめがねの先生らしき

人は、破顔して、

「はい、そのようです。これは正式には表沙汰にしない規則ですけれど、おめでとうございます」

といって帰って行った。母はその人の背がまだ通りへ出ない前に、声を放って泣きだした。父が蔵の仕事場から中庭づたいに歩いて来て、何事かと訊く。母が泣き声で、

「晴美が一番で女学校に入ったのよ」

とかな切り声をあげる。

その夜は赤飯や鯛《たい》の尾頭《おかしら》つきの焼魚が並ぶ祝宴で、父がはじめて私に盃《さかずき》をすすめた。

「まあ呑め」

私は貰った小さな盃の酒を一息に呑んでしまった。

「おいしい！」

思わず発した言葉に、父が見たこともないような笑みくずれた顔になり、

「おお、うまいか！　やっとオレの酒の相手を出来る人間がうちにも生れた

な」

と、またす速く私の盃を満してくれている。

母も姉も一口呑むと真っ赤になって、気分が悪くなる下戸《げこ》だった。

「お前が男やったらなあ」

久々で聞く父の述懐だった。

「晴美が生れた時、一年も持たぬという阿呆な産婆が居《お》ったなあ」

「まあよく覚えてましたね。私もどんなに気を揉《も》んだか。どうせ死ぬ子ならと思って、いやというものは何も食べさせなかったら、肉も魚も卵も嫌い、野菜はもっといやといって、豆ばかり食べる子になりましてね」

「それで私は栄養失調で年中体じゅうにおできが出来て、頭にも出来て……汚くて臭い子になって誰も遊んでくれなかった」

そんな話も、家じゅうで悩まされたことも忘れて笑い話にされている。

「あの頃、おかあさんも弱ってたのよね」

「働きすぎて、疲れきって結核の軽いのになっていた」

「あれはオレがうなぎのキモを毎日食べさせてやったから治ったんだ」

「そうでしたね、それからすっぽんの血も！」

「高いんだぞ、両方とも！」

「わかってますよ。いつだって感謝忘れてませんよ」

私はコップについでもらった冷酒をぐうっと呑み下した勢いで思いきって言ってみた。

「こんな席で言うの変かもしれないけど、ずっと気がかりだったから……秋月の藤右衛門のお爺ちゃんと、トミ婆《ばあ》ちゃんは、どっちが先に亡くなったの」

「そりゃ藤右衛門さんですよ。二人はたしか二廻りくらい年の差があったから、もちろんトミさんが若かったですよ」

「トミ婆ちゃんは変な死に方した？」

「どうして……それを……」

「幼稚園に通ってた年のある朝、何だかうちの中が騒がしいので目がさめたら、おとうさんのきつい声がして〝井戸はさっさと蓋《ふた》してしまえ、警察にはまだ言うな!!〟って言ってたの、あの時のおとうさんの役者のせりふのような言葉がずっと耳にこびりついてた。一度たしかめたいと思って……、トミ婆ちゃん、井戸にはまったの？」

「そうだ」

父がそっけない声で言った。

「両袂に石をいっぱい入れていた」

「なぜそんな死に方したの？」

「わからん。憶測はいくらでも出来るが、本当のことは死人に訊くしかない。藤右衛門さんに死なれてからトミさんの居場所がなくなっただろうしな、いつでも騒がしい人だったけんど、藤右衛門さんとは、どこか気が合《お》うてたようやった。最後まで入籍はなしで内縁だったから、立場弱いよな」

「トミ婆ちゃんは近所じゅうの子供にお灸《きゅう》すえるのが趣味だった。私の頭を撫でる度、お前には頭のよくなるお灸をしてやったから、他の子とはちがうんだって自慢してた」

「イセガッサンというやいと（灸）よ」

母がはしゃいだ声を出した。

「そうそう背中のこのあたり」

黙っていた父が重い口調で声をはさんだ。

「藤右衛門さんは八十七で死んどる。若かったなあ。ひどく年寄臭い貫禄があったから、九十過ぎてると思っていたが……」

私がこの世で人間の死体というものを初めて見たのが秋月藤右衛門さんだった。

秋月家は町内一の堂々とした邸宅で、至る所に鍵がかかり、めったに外から入りこめなかった。誰の子かわからないが、秋月家には私より一つ年下の和《かず》ちゃんという女の子がいた。友だちもなく、私だけが時たま遊び相手になっていた。年幼ない和ちゃんは自分から事をおこすことは出来なかった。ところがその日、露地の井戸の垣根にしがみつき、しきりに私の名を呼んでいた。不思議に思って出ていくと和ちゃんは犬の子のように飛びついてきて、私の手をひっぱって庭にもぐりこんでいった。手入れの行き届いた庭に面してこの家の大広間が二つぶちぬかれていた。そこにびっしり黒い着物の大人たちが集って、口々に念仏らしきものを称《たた》えていた。

「中へ入れる？」

私が囁くと和ちゃんは私の手を摑《つか》み、縁側の戸袋のかげから座敷へしのびこんだ。人々の中にまぎれこんでも誰も気がつかなかった。白い屏風《びょうぶ》の前にござがしかれその上の真新しい盥《たらい》の中に、藤右衛門爺ちゃんがすっ裸で坐らされている。白衣を着た男の人が二人、裸の爺《じい》ちゃんの体を盥の中の水で丁寧に洗っている。白い毛の中にもぐもぐしているオチンチンまで丁寧に洗うのが何だかおかしい。お爺ちゃんは目を閉じたまままされるにまかせている。誰に聞いたわけでもないのに、この人はもう死んでいるのだと私にはわかっていた。近所の床屋《とこや》のおじさんがいつになく生真面目《きまじめ》な顔つきであらわれ、二人の男が場所をゆずって引っこむと、床屋のおじさんが、かみそりで死んでる人の髪の毛を剃《そ》り落していく。誰からともなく声が湧き起り、どの人も声を高くしてお経をあげている。

突然、背後から誰かが私の首根っこをつかみ、人垣の中からつまみ出した。和ちゃんも同じようにされたが私とは別の邸《やしき》の奥の方へつれていかれた。

私は庭に放りだされ、

「今度きたら、ジュンサに渡すぞ」

とおどされた。私はそこに脱いであった草履《ぞうり》をつかむと、はだしで庭の外へ駈けだしていた。

——あれが死人だ、死人が幽霊になるんだ。私が死んでもああされるのだろうか。砂糖屋のきれいなお姉ちゃんも、ああやって裸になって、みんなの前で、あそこを洗われるのだろうか。死んだあとはどうなるんだろう。決して生きかえることはできないってほんまだろうか——考え考え歩いている私の体がいきなり誰かにつかまれ宙に持ちあげられた。トミ婆ちゃんだった。顔がまっ赤になり、目がなくなったほど泣き腫らした酷《ひど》い顔だった。

「やいとしようか」

「いやっ！」

私は必死の馬鹿力をだし小さな手に一杯の力をこめて泣き腫らしたトミ婆ちゃんの顔を思いきり叩いてやった。びっくりしたトミ婆ちゃんが思わず手を放したとたん、私は猿のようにトミ婆ちゃんの体の脇を走りぬけ、大通りへ逃げていった。

父から母の死について聞かされたのは、母の死後、父が老人性結核と脳溢血になり、療養所として建てた小さな隠居所で過している時だった。母の死から数年が過ぎていた。

婚家を飛びだし、前途に何のめども立たない最悪の状態の中から、私は時々父を見舞っていた。私の顔を見るとわざと姉に向って、

「また晴美があらわれたぞ、早う米びつの戸に鍵かけてしまえ、米でも盗もうと思うてきたにちがいないわい」

など憎まれ口をたたきながら、本心は嬉しくてすぐ酒の用意をさせ、

「どうじゃ、まあ一杯」

と、冷酒をついでくれるのだった。

「ストマイ効きましたか、お姉さんが期待してたけど」

「艶がなあ、ひとりでがんばってようしてくれるので、いつまでも生きているのが悪い気がしてなあ」

「何を言うのよ、おとうさんらしくもない」

「いや、この頃はいつ死んでも不思議でないと腹が据わっとる。今度お前が来

たら話しておこうと考えとったことがある……あの日なあ」

空襲のあった昭和二十年七月四日だとすぐわかった。

「町内長の役目として、町内のみんなを避難させて、うちの防空壕覗いたら、おかあさんとおじいさんがまだ中で坐っとる。阿呆！　早う出て来い、瑞巌寺《ずいがんじ》へ逃げるんだ、とどなっておかあさんの手を掴んだら、そのオレの手をぴしっと、叩き外して、おとうさんこそ早う逃げて下さい。わたし、もういやになった!!　孫たちを頼みます。早う逃げて」

と言うなり、声をつまらせて父は泣きだしていた。

「そうどなって、凄い馬鹿力でこの体を壕の外へつき飛ばしたのよ。おじいさんは一言もいわず、横になっておった。気がついたら、オレはひとりで瑞巌寺へ向って歩いていた。晴美、信じてくれ、これがすべてだ、どうしておかあさんを力ずくでも引っぱり出さなかったかと、何度悔《くや》んだかしれん。艶は何も訊かんし、こっちからも言う気になれない。あの時は、頭の中がまっ白になって、思考力が止ってしまっていた。もういやになった!!　というおかあさんの声の絶望感だけがこの体の中にしみついとる」

「わかった。ありがとう。もう二度とその話するのよしましょう。ああいう人なのよ、見事な自殺ですよ、さあ、呑みましょう」

私は盃の代りにガラスのコップを二つ持ちだして、なみなみと酒をつぎわけた。

「献杯《けんぱい》！」

父の声は出なかった。コップを合わせた音の中に母の自慢の白い歯並びが光ったと思った。

父はそれから一年後病死した。母に遅れて五年、まだ父は五十七歳であった。

春の雪

「はい、どうぞ」

　空港の搭乗口待合室の一番前列の椅子に坐っている私とモナの方に顔を向け、私たちだけに聞えるくらいの小さな声でグランドスタッフがうながした。制服を着て、頬紅《ほおべに》を今のはやりらしく頬骨の上に広がらせ、長いまつ毛エクステのそりかえった目許にも情をこめてうながした。九十一歳の私がこういう際、誰よりも早く呼びこまれるのは当然なので殊更《ことさら》名も呼ばない。子供づれのいる時は、その人たちも一緒に呼ばれる。空港のそういう扱いにもすっかり馴《な》れてきたモナが、自分と私のハンドバッグやトートバッグを肩や腕にかけ、私の腕を引き寄せて搭乗口を入る。そこには車椅子がすでに用意されていて、私はそれにも当然のように馴れたす速さで乗りこみ、それを押すためにそこに待っていたもうひとりのグランドスタッフがてきぱきとした動作で車を押してくれる。

搭乗口から機体の入口まで結構廊下は長いのだ。機体の入口では客室乗務員が何人も待ち構えていて、機内の私の席へ案内してくれる。私たちがしっかり席に落着いた頃、一般の乗客がどっと入ってくる。

はじめの頃は、車椅子に乗るのが人前では恥しかったのに、今ではすっかり馴れて、新幹線の駅でも平気になっている。ただし、空港と駅と、広いホテル以外は、ほとんど使わない。八十八歳で圧迫骨折のため五ヵ月寝こんで以来、足がすっかり駄目になってしまった。それでも東日本の震災と津波と原発事故以来、ショックで無理にも立ち上ったたからか、人がびっくりするほど快復が早かった。

ドクターからは、

「普通の人は三ヵ月じっと寝ていたら絶対治るけれど、あなたは何しろお歳だから、六ヵ月」

と言われた。お歳？　その時はじめて八十八歳という自分の年齢の重さを知らされたのだった。

ベッドから立ち上って見たら、すっかり脚の肉が落ちて、ものにすがらなければ立っていられなかった。

スタッフが見かねて病院で使う頑丈《がんじょう》な歩行器を手に入れてきた。私の胸まである高さの、金属で出来たその頑丈な器具は、その中にすっぽり入って、自分でその器具にすがって歩けば軽々と体が運ばれるものだった。幸い寂庵はお寺造りなので廊下が広く長い。頑丈なその器具に入って歩く練習をするのに都合よく出来ていた。

早く動きたい一心で、私は一日に数時間もその歩行器にすがりついていた。

スタッフたちは顔色を変えて私の無謀を止めようとした。

「いったいどういうつもりですか？　せっかくここまで治ったのに、もう一息というところで、転んだらどうします」

そんな注意を私に真向《まっこう》からできるのは一番古参の森はるみしかいなかった。

「でも、これまで私はどこかにこんな被害があれば、必ず駆けつけているでしょ。九州だって、新潟《にいがた》だって、イラクにも行っている。役にも立たないけれど、有金かき集めてとにかく被災地の現場に行ってきた」

「その間、どんなに残っている私たちが気を揉まされたことか」

この頃のはるみは負けていない。

「まさか、天台寺《てんだいじ》へは今年から行かないでしょうね」

「それがそういうわけにもいかないのよ。五月の例大祭は無理だけれど」

「ええっ、まだ、天台寺つづけるつもりなんですか」

はるみのまんまるい顔が呆れてあんぐり口を開けたので長くなった。

「だって、もう住職は譲ってるじゃありませんか。名誉住職なんて、どこだって、名前だけですよ、あんまり向うも甘えすぎてるし、庵主さんも甘すぎますよ」

「でもね、年四回は来てくれっていうのよ。私の法話がなくなると、寺はつぶれてしまうんだって」

もう話にならないという顔をして、はるみは、ぷいと背を向けて台所の方へ去って行った。

五十一歳で出家した私が、嵯峨野の寂庵に道場を建て増し、門を開いて、人を受けいれるようにしたのは、六十三歳の五月であった。

「出家させていただいて、十年余りも還俗《げんぞく》もせず無事に過させていただいたってことは有難いことですよ。……仏さまに何かお礼しなきゃ」

と、つぶやいた姉の声の重さに、私はどきっとして、背骨を伸ばした。ショックで声も出ない私の顔を見かえりもせず、遥《はる》かなところに目を放ったまま姉の声はつづいていた。京都へ仏具の買出しに来たのだといい、久々に私の所に寄ってくれたところだった。

「テントも張らずに青空説法はじめたこの空地に、屋根のあるお堂建てなさい」

その空地は地つづきの畠の持主から、無理矢理に押しつけられた土地だった。電話でその話を私から聞いた姉は、即座に、

「買っとき！」

と声をはりあげた。

「隣の土地は女房質に入れてても買えと昔からいうのよ」

「知らない。だってお金もないよ」

「銀行で借りなさい」

「ひゃあ、ようやっと銀行の借金がきれいになったところなのに」

「だから、すぐ銀行は貸します。その土地が抵当よ」

姉の声は父の家業を継ぎ、父の愛弟子《まなでし》を父のすすめるまま夫にした時の決断のように、きっぱりして動じなかった。

「和歌をしたら？　ほら、女学校の時、お姉さん和歌よくほめられてたでしょ」

無責任にすすめた私の言葉にたちまち乗って三十代の初めから突然短歌を学びだした、かと思うと、いつの間にやら結社「水甕《みずがめ》」の同人に収り、歌集も『風の象』と、『流紋更紗《りゅうもんさらさ》』の二冊遺している。一見おとなしそうに見える華奢《きゃしゃ》な外観からは想像も出来ない強く烈《はげ》しい芯が薄い背に通っていた。姉の二十六歳の時から七年間出征してシベリヤに抑留されたままの夫の留守を預かり、二人の幼い男の子と、病気で倒れてしまった父をかかえて、いつの間にか一家の中心になって働いていた。焼跡にもとの神仏具商など開けるわけもなく、父の思いつきで開いた物々交換の会が当って、週に何日かの交換日にはテント張りの広い会場が満員になるほど人が集っていた。プロのかつぎ屋の男や女が、大風呂敷にぎっしり畳みこんだ衣類や雑貨を背負って集ってくる。家と共に衣類も焼かれてしまった人々は、食べる前に、まず着るものが必要なのだった。面白おかしく品物を見せて万歳師《まんざいし》のような口調で、値をせり上げ、品物は飛ぶように売れた。

そのうち姉は場を貸すだけではあきたらず、いつの間にか、彼等が引き揚げる時、ついて一緒に仕入れに出かけるようになっていた。戦前からその道の専門家たちは、小柄でおとなしい姉の思いもかけない決断と行動力に驚いて、姉の同道を許可し、競って、姉に商売のかけ引や品物の鑑定の方法を教えてくれた。客の集る場所で充分稼がせてもらったお礼だと、父に頭を下げ、口々に姉のことを、

「お任し下さい、みんなで大切にお守りします。悪いようには決して致しません」

と誓ったりした。

敗戦後も夫からはシベリヤからのんきなはがきが二度きただけで、歳月はた

ちまち過ぎ去っている。

　隣組の出征者たちや、知り合いの出征者たちも、すでにみんな帰ってきた。戦死した人も骨になって帰っている。

　父は誰よりも、義兄の帰りを待ちわびていただけに、次第にいつまでも帰って来ない最愛の聟《むこ》に癇癪《かんしゃく》をつのらせるようになってきた。

「あんな阿呆とは思わなんだ。艶よ、悪かったなあ、あんな男と結婚させたわしの不明を謝るよ」

「何、言ってるのよ、お父さん、シベリヤで捕虜になってるんだもの、まだ生きてるだけでも有難いじゃないですか」

「いや、男だったら、逃げだす方法を何としても考えるよ。わしだったら、可愛い女房や幼い子供に会うために命がけで脱走して歩いてでも帰ってくる」

「そんなこと出来るもんですか、すぐ後ろから撃たれて殺されてしまう。気長に待つしかない」

「あいつが帰ってきたら、元の場所にあいつと二人でこんなバラックじゃない本格的な家を建てて、元の仏具屋の店をやりたいんだ」

父の言葉の終りは想いにむせて声にならなかった。

私は姉の苦労と父の焦燥《しょうそう》を見かねて、とてもこれ以上居《い》候《そうろう》している気にはなれなかった。

夫は上京して本格的に仕事を探すというので、私と子供は、夫の家の遠縁に当る焼け残った増田《ますだ》家の二階に下宿することにした。その一画だけが十軒ほど焼け残っていて、揃って二階建の堂々とした邸宅であった。

そこに移ったのを待ちかねていたように、夫が北京《ペキン》へ行く前、一年ほど仮勤めした中学の教え子たちが来るようになった。先生の留守中奥さんを守るという名目だったが、その中にいた亮太と恋に落ちるというとんでもない問題をおこしてしまった。

亮太が中心の文学青年たちの集りで、戦後華やかに動きだした新しい作家の話や作品の読み廻しに互いに興奮するという他愛ない集りだった。接吻《せっぷん》もしていないプラトニッククラブだと説明しても失笑されるだけであった。父はそんな阿呆なことがあるかと、私たちが不倫したと思いこんでいた。姉は口には出さないけれど、私と亮太なら、そういうこともあり得ると思ったらしい。

せまい町ではこんなスキャンダルニュースを誰もが待ち望んでいた。たちまち私はそれまでの模範生から、筋金入りの不良に落されてしまった。反対が強いほど恋は燃え上る。

夫は仕事が見つかったと告げに帰ってきたとたん、私の稚拙《ちせつ》な告白を聞き逆上してしまった。まだ住む家は見つかっていないのに、ただこのスキャンダルの中から私を引き離すだけの目的で、私と子供をつれて東京へ発ってしまった。


八十坪の隣の土地は、姉の一途な後押しで買うはめになってしまった。

「先祖代々受けついできた有難い土地やから、私の代も守り、息子と娘の二人に半々ずつでも渡すつもりでいましたら、今時の若いもんは何考えてるやら全くわかりまへん。こんな土地、うちらは要らんから、早う売り払うて、お父さんの生きてる手で、その売ったお金をしっかりわれわれにちょうだい、とこないぬかしよりますねん。何考えとるのか全くもう、あいつらの心のうちなんか、さっぱりわかりまへんなあ、御先祖に何《なん》やすまん気がしてかないまへんわ」

　売手はがっくりした顔で帰っていった。

　そんな事情があったので、私はそこに道場を建てた時、天井にはめこむ棟木《むなぎ》に「瀬戸内艶の発案に因《よ》り建立《こんりゆう》する也」と書きつけておいた。

　ところが姉はその建物の地鎮祭《じちんさい》の日、徳島からわざわざ来てくれたが、歩きかね、十分も立っていられない病体になっていた。長男の圭一郎が抱きかかえるようにしていた。顔色も悪く、急に五つも老けたような感じだった。只ならぬ様子に私は動転し、圭一郎をひそかに書斎に呼びこんで訊いた。

「どうしたのお母さん、死人みたいじゃないの、京都ですぐ入院させる？　どこが悪いの？」

「直腸癌《がん》だって市民病院で宣告された」

「お母さんは知ってるの？」

「いや、年寄の先生で、癌の告知など日本人は馴れてないので耐えられないからやらない方針だって。若い患者なら、もうこの頃はみんな告知する方を要求するんだけど。そのドクターは旧くさくて」

私は出家前から、尊厳死協会に入会している。姉にも夫婦で入るようにとすすめたけれど、何故かこれだけは表情を硬くしてうなずかなかった。

今日の行事一切は建築を任せた大林組《おおばやしぐみ》の人たちが取りしきってくれていた。出家して嵯峨に住みつくようになって早くも十年余の歳月が流れている。その間に親しくなった人々が申し合せて集ってくれ、予期以上の盛会になってしまった。最近親しくなった大覚寺《だいかくじ》の管長さんが気軽に導師を引き受けてくれたので、たちまちこの日の地鎮祭に重みがついていた。続々集ってくれる客たちは呼んだ覚えのない人までつめかけていて、テントの下からはみだしていた。

姉はお祓《はら》いのお経の時だけは参列するといってきかないので、圭一郎が抱きかかえるようにしてテントの中へつれていった。それでも十分と我慢が続かず、圭一郎が目立たないように寂庵の座敷につれ戻していた。式の間じゅうは、私は場が外せないので気を揉みながらその場に居つづけた。お礼の挨拶の時、この道場の建立はひとえに姉艶の発案にうながされたものだという話をした。話す途中で珍しく胸にこみあげるものがあふれそうになり、声が震えた。

講演馴れのしている私としては思いがけない不覚を取りそうな現場であった。なぜなら、私が喋っている最中、姉の実におだやかな死顔がありありと目の中に映ってきたのだった。ついさっきまで座敷で見ていた血の気の失せた、小皺としみの目立つ急に老《ふ》けた顔ではなく、私たち家族が引き揚げてきて親子三人で居候していた頃の、活き活きした三十代の姉の顔だった。

なぜかその時、姉はこの病気で死ぬだろうとの暗い予感が私の胸に錐《きり》をさしこむようにつきささってきた。

あれだけ集っていた客が引き揚げた後、寂庵はいつもの静寂に満たされていた。圭一郎は今日訪れたもう一つの用件を片づけるため、京都駅に近い仏具店に出かけて行った。自分の寝室に姉を寝かせて、私はその部屋の隅に猫のように背を丸めて休んでいた。その位置からが一番姉の視線の邪魔にならないと考えた末選んだのだ。姉は余程疲れたのか、まるで息が止ったように静かに眠りつづけている。いや眠っているのではなく、ただ瞼を閉ざしているだけなのかもしれない。私は声にしたい言葉も呑みこんで、姉の代りに自分の心に話しかけた。

お義兄《にい》さんがシベリヤから帰ったのは、出征して七年も過ぎた頃だった。近所ではもう誰もがお義兄さんのことを忘れてしまって、え？　あの人、シベリヤで死んだんでしょなど、けろりと言う人さえあった。待ちに待った人は捕虜生活の中で、すっかり洗脳され、町内から代表者たちがこぞって高松《たかまつ》の港まで迎えに行った時、ソ連からたどり着いた船の甲板《かんぱん》で、同じ運命の引き揚げ者たちと肩を組み、ソ連の革命歌を高々と歌いあげた。その上、こともあろうに「わが祖国ソ連邦万歳!!」と、両腕をあげてどなったのである。迎えに出ていた父も姉も蒼白になって、町内の誰の顔も見られなかった。

遅ればせに私が東京から徳島へ帰り義兄の帰還の喜びに出かけた時、義兄は信じられないほど活き活きして、自分は手に職を持っていたため、木工の作業が多く、自分の作った木製の煙草《たばこ》入れはスターリン用に取りあげられ、配給も他の戦友より増えたなどの話をしていた。砂糖も酒も煙草も、好まぬため、人より多い配給はほとんど戦友に廻したからみんなから好かれたなど、弾んだ口調で話してくれた。無口で人見知りする昔の性質はすっかり払拭《ふっしょく》されて、別人

のように快活で多弁になっていた。私が家庭を破壊したことはとがめず、

「お姑《かあ》さんは、心の中ではずっとはあちゃんは小説家になると信じておられました。自分の志を貫いた以上は、りっぱな小説家になって下さい。人類を幸福にするような小説を書いて下さい」

と大真面目な顔で激励した。

姉が二人きりになった時、声をひそめていった。

「あれ、治ると思う？　まるで別人よ、実はね」

そこまで言って姉は自分で吹き出してひとり、げらげら笑いだした。笑いがようやくおさまった姉は、

「これをあんたに早う話しとうて、うずうずしてた。他人には言えんし……」

私たちが義兄の変り様に愕《おどろ》いた以上に、義兄の目に七年ぶりで見た故国も故郷も信じられない様相に変化していた。まずあの品格のあった床しい城下町の徳島の変り様、歩けば、どの通りの壁や塀にもベタベタと張りだされている映画や芝居のポスターのけばけばしさ。しかもそこには全裸に近い女が恥しげもなく胸を出し、裸の大股を広げている。憤慨に堪えない彼はたまりかねて、あ

る夜、筆と墨汁を持ち、小学校初等科の息子を二人引きつれて、ポスターを塗りに出かけた。

「いいか、こういう下品なポスターは見るんじゃないぞ、見たら今に目がつぶれるぞ！　さあ、塗れ！　お父さんといっしょに塗れ！」

彼の塗り消すのは、女の乳房であり、半分か時には全部露出している秘所であった。

そこを黒々と塗られたポスターは、塗られない前より、もっと下品で意味あり気に卑猥になっていた。変態者のしたことだろうと、町の評判になり、そのポスターはあわてて片っ端から取り外されていった。

姉の話の途中から私も涙の出るほど笑いだしてしまった。

「それに、凄い妬《や》きもち妬きになっていて……」

その言葉は途中で声が聞えないほど小さくなった。返事に窮した私に代って、

「あっちでは、どんな苦労をしてきたことか……説明の仕様もないんでしょう」

という。スターリンの煙草入れのような明るい話ばかりつづいていたわけではない証拠に、義兄は真夜中、突然、夢の中で悲鳴をあげたり、ひき裂くような声で号泣《ごうきゅう》したりすることがあるという。

それでも元の質屋の家の場所に本格的な家を建て、姉がかつぎ屋の仕事と手を切り、細々ながら仏具店にもどった頃から、義兄はいつの間にか以前のおだやかで控え目な性質にかえっていった。

父はそれに安心したように病人になった。

最初はある朝突然、倒れた。あれほど好きだった酒が充分入らなくなった時、父は手造りのどぶろくを秘かに造って台所の瓶に貯え、毎朝起きぬけにそれを柄杓《ひしゃく》一杯、コップにも移さず呑むことで目を覚していた。

その朝もその様にして一杯呑んだ直後、その場に倒れてしまった。どんという音に、手伝いの女が気づき、大騒ぎになった。掛りつけの医者が駆けつけてくれるまで、その場から動かさないでいた。医者の診立《みた》てで、座敷に移したとたん、目を開けた父が呂律《ろれつ》の廻りかねる口調で言った。

「どうせ、死ぬなら、もう一杯、呑ませてくれ！」

深刻な表情で息をつめていた家族たちは、思わず失笑した。

脳溢血の発作《ほっさ》は一応収まったものの酒は制限された。つづいて患《わずら》ったのは老人性結核だった。まだ五十七歳で老人とは呼べなかったが、父は四十代から老け顔で老人のように威厳があった。

孫たちに結核を感染させることを怖《おそ》れ、義兄が父の命で家から少し離れた場所に小さな隠居所兼療養所を建てて、父はひとり移った。たまたまストレプトマイシンが取り沙汰され始めて、姉は高価なストマイを入手するために、前よりいっそう働きはじめていた。

その頃の私は京都で小さな出版社に勤めてはいたが、まだ離婚はされず、配給票もない立場で、前途に何の光明も見出せない状態だった。

昭和二十五年の四月二十九日、天皇誕生日で勤めの休日であった。私は前日から女子大の友人で、ついに夫と子供との生活を破り、京都へ流浪した日の朝から私を出迎えて扶《たす》けてくれている友人の家に泊りがけで行っていた。彼女の家の近所の銭湯へ、翌朝早く二人で出かけていった。

まだ他の客もいない大きな湯舟につかって、のびのびと全身をくつろげた瞬間、番台の女が風呂場のガラス戸を荒々しく開け、湯舟の私に大声で告げた。

「お宅から電報が来てるそうです、早う出て下さい」

電報は私の下宿に来て、友人の家に電話で取りついでくれたものだった。

「チチキトク、スグカエレ　ツヤ」

その場から夢中で帰りついた私を連絡船の船着場で待っていた義兄が、沈痛な顔で言った。

「残念でした。ずいぶんお父さんは待っていたんだけれど……」

義兄は家の方向とは反対の道へと、自転車の後ろに私を乗せるなり走りつづける。

「どこへ行くの？」

「お父さん、家ではない所で亡《の》うなって……」

着いたのは、町の外れの高い赤い煉瓦塀《れんがべい》に囲まれた刑務所の前の、見すぼらしい小さな差入屋の前だった。義兄が黙って私をうながした。入口に「こんぴら灸出張所」とま新しい看板がかかっている。義兄がその看板を指し、

「これを据えにひとりで店の自転車で来たようです」

話している時、姉が二階から泣きはらした顔で降りてきた。私を見るなり、怒りが抑えられないようにどもりながら言葉を吐きつけた。

「あんたが……あんたがお父さん、殺したんよ」

義兄があわてて、姉を抱きかかえた。私に向って、姉が突きかかるかと案じたのだろう。

店には人影はなくひっそりしていた。

私は深くうなずいたままうつむいた。事情はわからないけれど、あの真面目な姉がそこまで言うのなら、確かに私が父を殺したにちがいない、と思った。それでも姉は私が父の遺体に逢うのを止めようとはしなかったし、しばらく、私と父とふたりだけの時間を作ってくれた。父は、差入屋の粗末なふとんに静かに上を向いて目を閉じていた。おだやかな、美しい顔だった。いつも見る顔より数歳も若がえって見えた。ここへ来る途中、自転車をこぎながらの、父の最期のことばは「は、る、み」だったと告げてくれた義兄のことばが思い出された。

「お父さん、ごめん」

私はそれしかことばが出せなかった。

ストマイの効果があったのか、父の容態《ようだい》は少し上向きになっているように見えていた。

その朝、通いの隠居所係りの手伝いが、泣顔で姉のところに注進に来た。

「旦那さんが居ません。家の中、どこも何も変ってないのに、どうしたんでしょう」

姉が駆けつけて見ると、父の部屋は整然としていた。枕元のすぐ手が届くようになっている小物入れの小さな手箱の上に封筒から取り出したままの手紙が、今読み終ったように置かれていた。その手紙は私からのものだった。いつまでも京都でぐずぐずしておられない。いよいよ上京して本格的に小説の勉強をしようと思う。ついては偉い小説家の先生に入門したいから、その束脩《そくしゅう》もいることだし、部屋を借りる費用もいる。お父さんが死んで私にくれるつもりの遺産があるなら、その半分でも、今、貰えないかという内容だった。姉はそれを一読してすべてを察した。父はこれ以上、姉に苦労をかけまいとして、あの馬鹿娘のために一働きしようとして立ち上ったのだ。枕の下に半分敷きこまれていたさし込みの粗末な手書きの広告にも気づいた。それは、こんぴら灸の出張所と、出張日時が書かれていた。そこへ義兄が飛びこんできた。今、父がこんぴら灸の出張治療所で倒れているという。乗ってきた自転車に店の名が書いてあったので知らせるということだった。脳溢血と結核の治療は正反対なので、姉はこれまでも苦労していた。父は頭のてっぺんに灸を据えられたとたん、倒れたのだった。父の病状を知らなかった灸師を責めても今更仕方がなかった。

日がたち激情が静まった姉から、その日のことを聞きとった時、私は改めて身もだえして泣いた。あの手紙は、父を面白がらせようと、半分ふざけて書いたものだった。今時、弟子を取る小説家など居るわけはなし、まして束脩などあるわけはない。父の遺産などもないことは先刻私は承知している。二人で酒を呑んでは、わざと口から出まかせの悪口を言いあうのも、二人だけに納得した遊びだと思いこんでいた。「晴美が来たから米びつに鍵かけろ」などという憎まれ口は、私の見舞いを喜んでいる父の反語だと思っていた。お父さんなら、何を阿呆なと、笑って読み捨てるだろうと書いた私のふざけ心が、この度は全く通じていなかったのだ。

歳月が過ぎ、すべてが昔話になった頃、姉に、

「あの手紙、ユーモラスじゃなかった？」

と訊いた。姉はちょっと首をかしげて考えたあとできっぱりと、

「全然！」

と言い切った。私たちは顔を見合せると同時にふき出していた。

私が家庭をこわした時、

「お前は子を捨て勝手をしたのだから人非人になった。鬼になった。どうせ鬼になったのなら、大鬼になれ。人情に負けて小鬼になるようなことだけはするな」

と手紙をくれた父は、小鬼にすらなれそうもない甲斐性なしの私にどんなことばを遺したくて、この世で最期に、私の名を呼んだのだろうか。

両親を見送った後に、最後に残った姉の死に目にも私は逢えなかった。六十六歳で病死した姉は変死の両親よりわずかだけ長命だったが、九十一歳でまだ

太々しく生きつづけている私から見れば、何という早死だろうと悔まれてならない。医者の言葉に従い、最期まで病名は明かさなかったが、姉はいつからか、事実を識っていたと思う。死ぬまでだまされたふりをしていたのは、隠そうとする家族の苦労に応える姉の慈悲だったのではないか。自分で鉛筆が持てなくなってからも、圭一郎に呂律のまわらぬ口で、生れてくる短歌を書きとらせていた。痛みどめの薬のため、言葉が出難《でにく》くなったことも、どこまで悟っていたものか、誰にも舌のもつれのもどかしさを訴えたことはなかった。

三十歳過ぎから始めた短歌修業の中で、第一歌集『風の象』を五十二歳で出版してから早くも十三年が過ぎていた。姉は第二歌集『流紋更紗』を刊行したものの、体調が崩れがちになっていた。三十年つづけた歌三昧《ざんまい》のこれが総仕上げだと、はにかんだ表情で渡された歌稿に、私は真剣な読手となり、批判をぶっつけた。新しい歌風に追いつこうとして、心を離れた技巧が目立つということだった。私の言葉が真剣なだけ姉の心は傷ついた。それから何ヵ月も、ほとんど夜も眠らない勢いで、歌稿を改作しつづけたという。それを告げる義兄の言葉には、その時の無理が姉の病いをひき出したのだという恨めしさが滲《にじ》んでいた。

改稿された歌集の、改稿した歌は、身震いするほどよくなっていた。特に巻頭の一首を目にした瞬間、私はあふれでる涙を止めることができなかった。

絮《わた》白く飛びたつさまを見守りて
吾も翔《と》ぶ羽根欲しく野に佇《た》つ

私のように恥も外聞もなく心をさらけ出しては新しい息を吸い生きのびてくる蛮勇のなかった姉が、ひたすら耐えてきた暮しの中に、どれほどの隠された虹の夢や、熱い想いや切ない苦悩がひそんでいたことか。私のようにはしたない告白は断じてしなかった姉の無言の重さを、幾分かは察したつもりでいた私も、姉のこうと決めた決意を重んじて、自分からそれを訊きだそうとしたことは一度もなかった。

諍《いさか》ひしことみな虚《むな》し方形の

窓より覗く観音の耳

吾に棲む鬼はびこれる春の身の
うつつや今年の花は散りつぐ

黄泉平坂《よもつひらさか》ただに進みてゆく如き
日日の彼方になびく芒穂《すすきほ》

迷ふこと断てと教へて雪を吹く
風の象は胸にちりばふ

もっと話しておくべきだった。いや聴いておくべきだったという悔いが二冊の歌集より重かった。

歌集の終りに載せた姉の文章は、はからずも六十六年の生涯の遺言になってしまった。

『流紋更紗』の刊行を見て、どっと病みついた姉は出版記念会も出来ないまま次の年の二月の果《はて》の日、死亡している。

その前日、姉を見舞った足で私は上京し、前からの約束の若い作家との対談に出発した。その夜、甥から姉の容態の急変をホテルの電話で聞いた時、全身ですでに姉の死を感じとっていた。

なぜかここまで携えてきた『流紋更紗』を泣きながら開いていた。姉の「あとがき」は暗誦するほど読んでいる。その箇所は一目で目に映ってきた。

「――家庭を破壊し、自らの道をわき目もふらず、独りで歩きつづけた妹の人生の果てに、出離《しゆつり》が約束されていたとするなら、家業をつぎ家を守り夫や子供たちとの生活をひたすら穏やかに修めてきた私の行く方には何が待っているというのでしょう。家業を長子夫妻に譲れば残るものは何なのでありましょうか。晩年の私を支えてくれるものは、短歌より外にはないことを身に沁《し》みて思うようになりました――」

幾度読み返してもその数行に、私の涙は止めることができない。

「あの人の子を産みたければ産みなさい。私の子として籍に入れて、私が育ててあげる」

私の不倫の恋にもこんな言葉をくれた姉に、私のしてあげたことは、短歌をすすめたことただひとつであった。

出離の決心をわざと軽く電話で告げた時、姉は私の声の調子に合せて、常よりも疳高《かんだか》い明るい声で、

「ああ、そう、いい年貢の納め時ね」

と言い放った。中尊寺《ちゆうそんじ》で私の剃髪《ていはつ》の場に付き添ったのは、姉ひとりで、私の人一倍豊かだった髪が束になってバリカンで落される度、声をあげて泣きつづけたのも姉であった。

姉の死は、暖い徳島では珍しい春の雪に、清浄されていた。

てんやわんや寂庵

先生とまた旅に出る。

今度は長い。天台寺へ行って二泊、藤原《ふじわら》の郷へ行って一泊、東京で二泊、そこから徳島へ行って一泊、ああ、目が廻る。その列車や、飛行機の手配を全部あたしがしなければならない。以前は、加納圭子《かのうけいこ》さんが一手に引き受けていて、あたしは、圭子さんの命令でキップを取りに行ったり、買い替えに行ったりするだけでよかった。

その頃からそうだったが、どたん場になると、必ず先生の、もう少し遅らせてとか、一列車早めてとか言い出す悪い癖が出る。

それなら始めから次の列車や、飛行機にしておけばいいのに、出発間際まで原稿書いていて、それが予定通り書き終らなかったり、予定よりずっと早く書き上ったりする。もう六十年以上もペン一本で仕事しつづけたというんだから、一枚、何分で書けるか、解りそうなものじゃないかと思うのだけれど、何年経っても、その日の気分と体調で、ペンのスピードは定まらないのだという。そんなのってプロと言える？

「それって要するに、作者のカンが鈍いってことですか？」

「よう言うよ！　カンが鈍くて、この商売六十年も続けられるものか」

と、ちょっとむくれた顔になる。薄い小さな唇をとんがらせて、ぷっと頬っぺたをふくらませた、そんなむくれ顔のセンセの顔が、あたしは結構好きなのだ。とにかくめちゃ、カワイイ！

世間はうちのセンセのこと、とても偉い人で、威張ってて、気難しくて、怖い人だと思ってるらしいけど、実はあたしだって、そう思いこみ、他に職があるなら、何もこんなとこに来たくなかったんだけれど……ランちゃんのおかげで祇園の「松の家」の女将さんの世話で話がまとまってしまった。こういうのを「縁」というのだとお母さんがつぶやいていた。

あたしの就職先を聞いた友人たちは、

「ヘエーッ！　おっそろしい感じ」

「わあっ、何てったって、あそこお寺でしょ、ユーレイ出たりしない？」

なんて脅かすから、ほんと、びくびくして悩んでしまった。口惜《くや》しまぎれに虚勢を張って、

「いいわよ、これも縁だから」

と、気取ってみせると、

「そうよね、お寺や尼さんとつきあうなんてのは、仏縁というのよ。縁は縁でもなんだか抹香《まっこう》臭いよね」

「それでモナもいずれは出家すんの？（笑）」

大学は国文科に入った渚《なぎさ》が笑って言う。――でも、ここに拾われて、今ではホント、よかったって思ってる。

前から勤めているオバちゃん先輩たち（センセの表現によれば若づくりうば桜たち）だって、歳はと言えば、うちのお母さんよりはるか上なんだもの。六十八、六十七、六十六だなんて信じられる？　一番若くておしゃれの五十八歳の加納圭子さんに、孫が四人もあると聞いて腰がぬけそうにびっくりしてしま

った。

みんな歳より十歳も若々しく見えるし、気持も若い。そう言うと口を揃えて、

「でもうちの庵主さんの若さには誰も敵《かな》わない」

と笑う。

この人たちが、それぞれの仕事が益々多くなって、どうしても、一人増やして下さいと言ってくれたからこそ、あたしが採用されたんだから、あたしにとっては、みんな恩人さまさまだ。

この人たちは、御主人さまを揃って「アンジュサマ」という。はじめ、あたしには「マンジュサマ」と聞こえて、何語だろう、ヘンな呼び方もあるもんだと、とまどってしまった。

圭子さんが、紙に「庵主」と書いて教えてくれた。

「ここは寂庵という宗教法人のお寺だから、庵の主人の尼さまを、庵主と呼ぶのは、日本古来の奥床しい言葉なの、庵主さんは『先生』と呼ばれるのがとてもお嫌いなの。先生と呼ばれるほどの馬鹿でなしっていうものね。……だから

みんなでいつの間にか庵主さまってお呼びするようになったのよ。旧い編集者さんの中には、庵主さんと、当然のようにお呼びする方もいてよ」

そう丁寧に説明してくれても、あたしは聞き馴れない単語が口に馴れず、あわてると、つい、「アンパンさま」なんて言いそうで超苦手。「センセ」と、蚊《か》の鳴くような声で呼びかけるか、「あのう……」と声をかけて用件を切り出すかにしてきた。

そのうち、いつの間にか「センセ」と呼びかけても、「はい、なあに？」と先生が答えて下さるようになってきた。

三月に雇ってもらって、すぐ学校の卒業式がやってきた。その日、お母さんが用意してくれてあった薄ピンクの一つ紋《もん》の着物に、鮮やかなブルーの袴《はかま》を胸高につけた卒業式スタイルで、髪を大正時代の夢二《ゆめじ》の絵みたいな巾広のリボンで結んで式に出た。

お母さんも薄紫の紋付の着物をきりっと着つけて、子供の目にもきれいに見えた。二人揃って式が終ってから寂庵へまっ直ぐ挨拶に上った。

うちのお母さんは他人の誰もが口を揃えてきれいな人とほめてくれるから、ほんとに美人なんだと思う。お父さんだって背が高くて甘いマスクで若々しく、あたしと喫茶店やレストランに二人で行くと、ちょっと年の離れたカップルと間違えられることが多い。それが面白いのであたしたちは、わざとその店を出るまで恋人どうしのように振舞って、店を出て歩きだすなり、声を揃えて笑いだしてしまうのだ。

どういうわけか、父と母はもう六年も別居している。どうせそのうち仲直りするだろうとあたしたち娘はたかをくくっていた。ところが、一向に同居しそうにない。ふと気がついたら、姉と学生の妹の三人の姉妹がひとり残らず母のせまいマンションの部屋に押しかけて、重り合うようにして暮していた。

何でも知ったかぶりするお姉ちゃんのマユも、二人の別居の真因はわからないという。当然、あたしにもリマにもそんな難しい問題のわかる筈もない。両親の不和によって子供が不良になる？　そんな古風なセンチな時代はとっくの昔に消滅してしまってるよ。

あたしの卒業式の答辞をうちのセンセはびっくりするほど喜んで下さった。

「ちょっとお見せ」

あたしの答辞の原稿を取りあげ、赤ペンで、ちょちょっと直し、それを声をあげて読んでみよという。恥しかったが、あたしは三度ほど、読まされ、

「そこは声を張って……そこは少しゆっくり」など細かく注意してくれる。あたしは何だか嬉しくて泣きそうになってきた。センセって、こんなにあたしのこと心にかけてくれていたのかとびっくりした。

おかげで今日のあたしの答辞はとてもよく出来て、父兄の中で泣いているお母さんたちが多かったとうちのお母さんが話してくれた。

母とセンセが対面して話しあうのははじめてだったけれど、センセが誰に対してもそうするように、親しそうに笑顔でやさしく話しかけてくれるので、強情っぱりのお母さんはすっかりメロメロになって、とても素直な表情をして話していた。こんな柔かなお母さんの顔、見るのは何年ぶりだろう。そう、昔(十年くらい前)はお母さんはいつでもこんなやさしい和《なご》やかな表情をしていた。妹が生れて小学校へ上る頃までは……

センセは母の着物と帯の調和をとてもほめてくれた。色紋付の薄紫の色がと

ても品がよくて、母のエレガントな雰囲気を引き立てているという。

帰り道、お母さんは珍らしくはしゃいだ笑い声をあげながら、

「いい方ねえ、モナが飽かれないといいんだけど……芸術家って気まぐれだから」

など独り言めかしてつぶやいていた。


締切りの原稿がたまって、久しぶりの徹夜をして、朝方眠った私が、気配を感じて目を覚すと、ベッドのすぐ脇に、モナが幽霊のようにしょんぼりした表情で立っていた。

「どうしたの？　まだ眠いのよ」

「また完徹したんですって？　九十の年寄おばばのすることじゃありませんよ」

「うるさいわね、まだ眠いのよ」

「はい、でもセンセ、あたしもピンチなんです」

「…………」

「生理がこないんですよ」

「ええっ？　だって、モナの彼は、自転車で世界一周するって、モナを置去りにして出発したんじゃなかった？　置土産なんか困ったわね」

目が覚めてしまって、ベッドに坐り直すと、モナが生真面目な表情になって、大きな目をぐっと見開き、私を見つめてきた。

「今日は何日でしたっけ？」

「ええと……何日だった？　それがどうしたのよ」

「四月何日でしたか」

「あっ、エイプリルフール！」

「わあい！　センセ、かわいい！　単純なんだもん、すぐひっかかっちゃったあ」

モナは部屋をスキップして廻りはじめた。

「ああ、びっくりした。ほら、まだ心臓がこんなにドキドキしている」

「今後気をつけますね、九十の婆さんをあまり刺激すると、ショック死するかもしれませんよね」

「カプチーノいれてきますね、アイスクリームも召し上りますか？　好きでしょ？」

「勝手にしろ！」

私は怒るのも忘れて、こみあげてくる笑いにむせかえっていた。

春の革命以来、どんなに不自由しているだろうと、法話や写経の常連の人々や「寂庵だより」の購読者たちが、心配して下さり、毎日全国から様々な食品を贈って下さるのは、何という有難いことか。新米に野菜、果物、それに何より多いのが肉さまざま。全国の御自慢の郷土名産肉が毎日のように配達されるのだから、四方八方に土下座してお礼を申しあげねば罰《ばち》が当る。料理の出来ない者たちがいると察して下さってか、ただレンジにいれるだけで、食べられる五目ずしとか、味噌汁やスープとか、煮もののお総菜まで集ってくる。こんな便利なものが世の中に出廻っているなら、もう男は小うるさい嫁さんなど貰わないで、いつまでも独身生活の自由を謳《おう》歌《か》出来るというものだ。モナも昔はるみにしたように料理学校へ通わせようかと思ったけれど、その必要もなさそうだ。そんな気分と時間のゆとりがあるなら、車の運転を習得しろと、モナを教習所へ通わせた。勇んで通ったのはいいが、いくら日頃、もう生き飽きたよ、死にたい、死にたいと口癖にいっている私でも、あのノロノロ、フラフラのモナの運転する車には乗せてもらう気にはなれない。死ぬのにも美学が伴うという次第だ。案の定、モナはひとりで走りだした直後、見事に車の胴体を何かにぶっつけてかすり傷をつけてしまった。

「乗せてあげますよ、遠慮しないでいいですよ」

などいくら猫撫声を出して誘ってくれても、御遠慮申しあげるにしくはないと逃げ廻っている。

「それはそうと、センセはどうして車の免許取らないんですか」

「私はとにかくとてつもなくそそっかしいでしょ、その上短気だし、運転習ったら、運動神経もいいし、頭もいいし、すぐ免許取れるに決ってる。でも事故起すのも必定。自分が死ぬのはいいけれど、人様をけがさせたり、殺したりしてごらん、作家で坊主の寂聴の起した事故なんて、ワイドショーものですよ。赤恥かくに決ってる。絶対自分では運転しないと決めてる」

「そりゃ、まあ、その方が安全ですね、大丈夫ですよ、そのうちモナがもっと上手になってどこへでも乗っけてあげます。それにしても今の寂庵の車はしょぼいですね。以前はシーマやセルシオやベンツも乗り廻してたんですってね。直美さんが言ってましたよ」

「会計士の辻さんにすすめられたのよ。税金をめちゃ取られるのがあんまり口惜しいので、ブーブーいってたら車や運転手の費用は、経費で落せるからお使いなさいって」

「へええ、豪勢な時もあったんですね。あたしもあんなボロ車じゃなくて、シーマやセルシオやベンツに乗りたいですね、何、笑ってるんですか？　ひとりにやにやするのって、ほんと気色悪いですね」

「思いだしたのよ、ベンツ買う時ね、運転手の岡部《おかべ》さんがとても厭がるのよ、ベンツはよしましょうやって。どうしてって問いつめたら、庵主さんがベンツに乗ってたら、後ろから見たら小柄なヤーさんが乗ってると思われるからいやだって。坊主頭だからね」

「ウヒヒヒ」

「そうね、私もあんまりおかしくって笑っちゃった。それでも白いベンツにちょっと乗ってみたくって、一応買ったのよ。でもあんな大きな図体、嵯峨のような道のせまい所では小廻りがきかなくて、とても不便なのね、半年も使わないで売っちゃった」

「それを買った人が、死にそうだったのに癌が消えて治ったんですってね。寂聴さんの乗ったベンツの御利益《ごりやく》だって、有名になったって、先輩たちが話してくれましたよ」

「阿呆らし、あの人の癌は、たぶん医者の誤診だったのよ、はじめからなかったのよ」

「あんなに無邪気に寂聴観音の御利益だと信じてる人に対して、それはあんまり冷いじゃないですか」

「悪かったわね、あたしゃ教養が邪魔して、そんなことは信じないの」

「その言葉、言いふらしてやろう」

「どうぞ」

モナを相手に他愛もない口げんかをしている時が愉しく、いつでも二人はげらげら笑ってばかりいた。

「スタッフが群《むれ》をなしていなくなって以来、どんなに御不自由して疲れていらっしゃるかと、心配しておりましたのに、人手がこんなに少なくなられてから、まあ、どういうんでしょう、かえって以前よりずっとお顔色もよくなられて、うんと、若がえって、益々お元気になられたのは、どういうわけでしょうか」

心優しいサンガの常連さんが、申し合せたように感嘆してくれる。

ベテランスタッフが少なくなってからの時間の経《た》ちようは目ざましくて、いつの間にやら、私はとうに満九十一歳になっていて、モナは二十五歳の年増姉ちゃんになっている。そして二十三歳の、丁度モナが寂庵へはじめて来た時の年頃と同じ若さのアカリというニューフェイスが、モナと事務所で机を並べている。モナが先輩ぶれるモナより若い娘を自分で募集して、スタッフの一人として採用したのであった。

熊本から京都の女子大へ来て、この春卒業したばかりだという。まん丸い餅肌のおとなしそうな娘だけれど、肩を掩《おお》う長い髪は栗色にカラーしているし、モナと同じように手も脚も念入りなネイルがほどこされているれっきとした現代っ子だった。

親たちは早く熊本に帰れというけれど、まだ京都で暮したいという。

おとなしそうな外見だけれど、中味は全くモナに負けない現代娘だった。

有難いことに台所に立つのを苦にせず、台所仕事の手順や扱いが、モナよりずっと手馴れていた。

「お婆ちゃん子で、いつも台所のお婆ちゃんにくっついていたから」

という。モナがアカリの背後で、私に向って得意そうにガッツポーズをして見せている。

モナが寂庵に来た時も二十三歳だったと思い起すと、歳月の足の速さに、背を突かれたような気がする。

「恋人は？」

「今はいません」

「ずっと働きたいの」

「相手が見つかれば早く結婚したいです」

「どんな男が好き？」

「やさしい人」

「今の娘たちはみんなそういうのよね、やさしいばっかりじゃ、妻子養えないよ。子供は何人くらいほしい？」

「五人！」

とモナが横から叫ぶ。

「あなたに訊いてません。モナはコーヒーいれてきて」

モナが台所へ行ってから、私はさり気なく訊いてみる。

「ブラジリアンワックス、してる？」

「まだしてません」

「したい？」

「考えたことありません。子供は二人はほしいです。ひとりっ子は可哀そうだから」

「私の本読んだことある」

「いいえ」

アカリの羽二重餅《はぶたえ》のような白い頬がさっと桜色に染った。ああ、きれいだなと、私はその顔に一瞬見惚《みと》れた。

「モナとやっていける？」

「好きです。やさしいです」

「じゃ、三人で仲よく暮してみましょう」

モナがコーヒーとシュークリームを持って現れた。

「コーヒーいれながら考えたんだけど、五人の子を産むには、ぐずぐずしてらんないですね、センセ、モナとアカリちゃんと、どっちが早く結婚すると思いますか」

「さあね、それはわからないな」

「センセ、細田《ほそだ》カネ子《こ》や、あの着物着てるデブのオッチャンみたいに、霊能者になれないんですか？　あれ出来ると、儲《もう》かると思うけどなあ」

「ほんとに彼等が霊能者なら、まず自分のデブを自分の霊力でやせて見せてほしいわね、私は全く霊力なんてありません、だからあなたたちがいつ結婚するか、子供が何人できるかなんて全然わからない。今夜、どんな珍妙な料理を食べさせられるかもわからない」

モナがアカリに向ってしみじみした声で言った。

「ね、アカリちゃん、センセは思ったよりずっとカワイくて、オモロイ人でしょ、でもここに来るお客に期待してもムダよ。あたし、ずっこけちゃった。来る客、来る人、みんなヨンさま追っかけのオバチャマ族か、男は賞味期限切れのオジサマばっかりよ。期待しないでね」


二人の娘の発散するフェロモンの影響か、とにかく一日によく笑うせいか、逢う人ごとに、若がえった、前より健康そうになったと言われる。

仕事は減るどころか、日増しに注文が多くなって、さばききれない。

「どうしてこんなにスケジュールがびっしりなのよ。これが九十一の婆さんのスケジュールかよ」

と私がプンプンする度、モナが怖い顔になって言い返す。

「誰がこんなスケジュールにしたのですか、この対談も、講演も、この原稿も、あたしが決めたもの一つもありませんよ。みんなセンセが、これ行ってやらなくちゃとか、あ、これ書いてやんないとこの人困るでしょとかって、みいんな、せっかく断ってるのに、引き受け直したものばっかりなんですよ。義理だ、つきあいだなんて、もういい加減にして下さいよ、何でも自分が引き受けておいて、忘れてモナのせいにしないで下さい。大体呆《ぼ》けの始めは、忘れることからしいですよ」

　モナに言い立てられても返す言葉がない。確かに彼女の言い分はすべて身に覚えのある事実ばかりなのだ。

　固有名詞が出てこなくなったのは、もう十年も前からである。そこだけ記憶の糸が切れて、どうしてもつながらない。人と話していて、ふっと口をつぐんでしまう。

「ほら、あの人、男よ、編集者、杉だったかな松だったかな、木のつく名前、結婚三度もしてる人、あ、そうそう梅本さん！　その梅本さんがねえ……」

　という調子である。はじめは人の名前が思い出せなかったのが、いつの間にか、あれほど好きだった植物の名さえ、ぱしっと記憶の糸が切れて空々漠々《くうくうばくばく》、どうしても名前が出て来ない。寂庵にいつの間にか種が飛んできて野生に増えていた私の好きな花の名が、きれいさっぱり記憶から消えてしまった。目の前にその花の群生を見ながら名が出て来ない。人にそれを知られるのが業腹《ごうはら》なので、話題をそこへ持っていかないようにしている。それでも自分の頭の中では、常にその消えてしまった花の名を追い求めている。ある日俳句をたしなむグループの人たちが立ち寄った。私は書斎に引っこもったまま、仕事をつづけていた。

その人たちが書斎のある庭の奥まで次第に歩いてくる様子だ。

「あらっ、まあ、ほととぎすがこんなにたくさん」

あっ、と私は机の前でペンを落していた。

い、い、い、い、い、い、

ほととぎす、ほととぎす……ああ、これこそ忘れきっていた花の名前ではないか。たしか動物の名と同じだとまでは思い出しながら、ほととぎすが、すっかり記憶からかき消されていたのだ。

こうしてその名が思い出されたのは喜んでいいのか、悲しんでいいのか。

私は九十一歳の現在もまだ、文芸誌に二つ、連載を持っているし、新聞にエッセイの連載もつづけている。どういうわけか、それらの仕事は、大過なくこなしているばかりか、思いもかけず評判がいい。老いぼれ作家にしてはよくできましたと、頭を撫でられているようにこそばゆい気もするが、ほめられると、やはり単純に嬉しさがこみあげてきて、

「よしっ！　まだ書けるぞ！」

と、ひとり力んでしまうのだ。その現象自体が、呆けの現象なのかもしれない。赤恥かかない前に、一日も早く断筆宣言をすべきではないのだろうか。

超流行作家で一世を風靡《ふうび》した著名な人が、七十代で呆けて、原稿用紙に自分の名前ばかり書きつらねていて、家族が異常に気づいたとか、智的で聡明で美人で尊敬を一身に集めていた女流作家が、ある日、サインを頼まれて、突然、自分の名前が上半分しか書けなくなってしまったとか、似た例の伝説はいくらでもある。認知症とか、舌を嚙むような病名で今は呼んでいるが、私は聞き馴れないあの言葉が嫌いだ。日本語には古来、呆けというすっきりした言葉がある。千年前には、「ほうけ」という優しい言葉が使われていた。惚《ほう》ける、耄《ほう》けるということで、老人呆けのことは「老《お》い呆《ほう》ける」と呼んでいた。

認知症がすすみ、施設に入れたなどという言葉を聞くと、ぞっとする。

人間に自分の定命《じょうみょう》が知らされないのは恩寵《おんちょう》だろうか、劫罰《ごうばつ》だろうか。

今度正月を迎えたら、数え年で私は九十三歳になる。自分が九十三歳まで長生きするとは、予想したことなど、夢にもなかった。

母は五十、父は五十七、姉は六十六で、肉親はすべて短命の家系なのに。五十一歳で出家したため、もしかして私の長命が与えられているとしたら、私の人生設計は失敗だったということになる。

モナが最近、時々、びっくりしたようにつけまつ毛の反りかえった大きな目を見開き、感にたえかねたような声でいう。

「ほんと、センセって面白いですね、だってあたしとセンセは六十六も年の差があるんですよ、アカリちゃんとは六十八もちがうんですよ。それなのに、あたしたちと暮して、お互い異和感がないって、どういうんでしょう」

「あなたたちがドンカンで私がひたすら耐えてるからだ」

「うそっ！　それって反対じゃないですか」

憎まれ口を交わしながら、私もモナも、そういえば不思議なことだと思っている。

前のスタッフたちに、私は時々思いだしたように言ったものだ。

「ここまで生きてきて、私は何も怖いものないのよ、ただ呆けることだけが不安なの。万一、私に呆けのきざしを見たら、あなたたちが遠慮せず教えてよね」

その度、当時のスタッフたちが声を合せて反論した。

「それはだめですよ。きっとその時庵主さんは、きりきり怒って、そんなこと頼んだ覚えはないよっておっしゃるに決ってますもの」

それを聞くと、私もたしかにそうだろうなと思って、彼女たちと一緒に笑うのがおちであった。

今いる二人の孫より十歳も若い二人の娘には、そんな話はしたこともない。かくなる上はわが将来に待ち受けているものは、老い呆けと死だけである。辻会計士にせかされるまでもなく、死に支度を急がねばならぬ。

いや、こうして生きている毎日こそが、すでに死に支度にくりこまれているのだ。

書くことも、人に逢うことも、法話をすることも、食べることさえ、まさに死に支度に入っているのだと思い定めると、妙に心が晴れやかになり、すっきりしてきた。

晩年の最期に不思議な縁で昼間だけは暮すようになった二人の娘たちの、花嫁姿まで見届けてやることができれば上出来であろう。おそらくそれは叶うことはないと思う。

今夜、死んでも悔むことは一切ない。

六十五歳で晋山《しんざん》して以来、二十六年間、まだ通いつづけている天台寺が、いよいよ老朽化して、今年末から本堂の改築に入る。この間の十月の例大祭の私の法話を最後に、本堂はテントで掩われ、雨雪の中でも改築工事がすすめられる。仕上るのは四年先だという。もう私はその改築した天台寺を見ることはないだろう。七年先のオリンピックなど尚更。

二十六年前、六十五歳の私がぼろぼろの天台寺へ晋山した当時、元気だった檀家の長老たちは、私と同じ六十代で、誰もいきいきしていた。その人たちがいつの間にか櫛の歯が欠けるように次々他界しており、残っている人は信じられないほど老いてしまった。自分の老いた姿は見えないので、私は変り果てたその人たちを見て涙ぐんでしまう。私が晋山した時、私の考えついた胆《ざも》だめしの行事に参加した子供たちが、今ではすっかり成人して、子供の親になっている。しかし、彼等はみんな故郷を出て、他郷に家を構えるので、檀家の人口は年々歳々《ねんねんさいさい》減るばかりである。颯爽《さっそう》としていた長老や役員たちもいつの間にかすっかり私よりも老いぼれてしまい、同じ人とは思えなく変っている。

檀家の中で一番陽気で、盆の歌と踊りが得意だった婆さまが、老人ホームに入り、肺炎や脳梗塞《のうこうそく》になっているというので見舞いに立ち寄ったら、しびれた右手が使えず、膝の上に置いたお盆の上の食事を左手に握りしめたスプーンで、こぼしながら口に運んでいた。アルツハイマーがひどくなったと聞いていたが、私の顔を見るなり、ぱっと顔を輝かせ、

「寂聴さん！」と呼びかけた。

「私は今、生きかえったんでがしょうか。たしか死んだ筈じゃったのに。今、これは生きとるのでがしょうか。死んでも人間はあの世でやっぱりめし食わねばなんねえんでがしょうか。めんどうなことよのう」

とつぶやく。

この陽気な婆さまは、私が晋山して、檀家の葬式の導師をつとめなければならなくなった時、あたりはばからぬ大声で、

「こんな下手なお経で、仏は成仏《じょうぶつ》できるのかのう。極楽へ行けるのかのう」

と言った人であった。まさにその通りで、私も全く自信がなかったので、この正直なおきん婆さまが大好きになっていた。

私が見舞った三日後、おきん婆さまが永眠したと、天台寺から報せがあった。

一瞬に私の胸に湧いた想いは、「ああ、羨《うらやま》しい」というものであった。

点鬼簿

「クリスマスはどうしますか」

　書斎の入口でモナとアカリが顔を揃えて机にうつむきこんでいる私に声をかける。一応コーヒーとお手製のチーズケーキを盆にのせてきて、陣中見舞の形はとっている。

「クリスマス？　ここは尼寺ですよ」

「でも去年だって、スタッフみんな集って、ケーキ食べて賑やかにやりましたよ」

「私は留守だったんじゃない？」

「その予定だったのに、突然、昼すぎ、東京から帰ってきたんですよ」

「あ、そう、すっかり忘れてる」

「思いだして下さいよう。ほら、大きなケーキが三つも送られてきて、豪勢だったじゃないですか。はるみさんが、庵主さん、お疲れさまってシャンパンあけてみんなで乾杯したじゃないですかァ」

「忘れた」

「ああ、ああ、年は取りたくないもんだ」

「だって、今年は私たち三人でしょ、パーティしてもつまらないし、とにかくクリスマスは、寂庵ではやったことありません」

「それじゃ、その前後三日、センセの仕事すっかりあけてるから、お休みいただいていいですか？」

「ふたりいっしょ？」

「いえ、モナだけ。アカリちゃんは留守番してもらいます」

「モナはどこへゆくの」

「沖縄」

「ああ、沖縄いい所よ、行ってらっしゃい。アカリと私は、『ぼるた』へ行ってステーキ食べようね」

「いい――っだ」

モナは一応羨しそうなふりをするが、心はもう沖縄に飛んでいる。考えてみればモナの来る前は私も元気で、毎年のように社員旅行と称して、スタッフをつれて、三日ほどの旅に出かけたものだ。一昨年、突然圧迫骨折をして以来、私はまだ、長距離は車椅子を使っている。社員旅行など出来る状態ではない。

モナはここに来た時から、見るからに頑丈な歩行器にすがって家の中をよちよち歩いていた私しか見ていない上、少しでも動けるようになってからは、一ヵ月に二度、三度とある短い旅につきっきりで、私の杖《つえ》になっているので、ゆっくり楽しませてやったこともなかった。女の友だちと三人で行く旅なんて、どこが面白かろうと思うけれど、少しでも息抜きになるなら、出かけたらいいと思う。

アカリは、モナが帰ったら、友だちの結婚式があるから、九州の家へ帰らせてほしいという。低い小さな声でいうけれど、要求はしっかりしていてモナに負けていない。

ふたりは、私の承認を取ると、「やったァ」と言いながら、上げた両掌を打ち鳴らして喜んでいる。

ふたりが引きあげる時、アカリが手にしていたＦＡＸを一枚置いて行った。

「今、届いたばかりです」

遅れている原稿の催促だろうと、軽い気持で見た紙には、横書きのパソコン文字が行儀よく並んでいた。

訃　報

作家・連城三紀《れんじょうみき》彦《ひこ》氏におかれましては、かねて胃癌のため闘病されていましたが、肝転移し、さる10月19日午前11時25分、名古屋セントラル病院にて逝去されました。享年65。

なお通夜、告別式はすでに近親者のみにて執り行われました。

以上、お知らせ申し上げます。

２０１３年10月22日

株式会社文藝春秋
文藝局長　吉安《よしやす》　章《あきら》

「訃報」という文字が目に映ったとたん「あっ！」と声をあげ、私は背筋を立て直していた。連城さんはすでに三日前に他界していたのだ。深い後悔が胸に突きあげて胸が痛くなった。病気という噂もたしかめようともせず、便《たより》を聞いてもあげず、何年が過ぎていただろう。

連城さんと識りあったのは、連城さんが「恋文《こいぶみ》」で直木賞を受賞し、その作品が映画になり、テレビドラマ化されたりして一躍華やかな脚光を浴びている頃であった。

直木賞を受賞する前に、一九八一年に「戻り川心中」で日本推理作家協会賞を受賞しており、八四年には「宵待草夜情《よいまちぐさよじょう》」で吉川英治《よしかわえいじ》文学新人賞を受賞していた。華麗な文体で、ロマンチックな典雅な叙情的な作品を書く連城さんは、色の白い柔和《にゅうわ》な表情をしたハンサムで、女性のファンに早くも追いかけられている様子だった。

編集者の誰かに紹介された初対面の時、連城さんは若い女の子のようにはにかんでいておかしかった。私とは二十六歳の差があり、私の息子にふさわしい年頃であった。

その時六十二歳の私は、三十六歳の連城さんの初々しい表情や、文体とは違って訥々《とつとつ》とした口調まで快く感じていた。名古屋《なごや》の人だという連城さんの言葉からは、関西訛《なま》りが抜けず、それが同じ言葉癖の私には親しさを厚くした。それ以来お互いに猛烈に仕事が忙しくなり、めったに逢うこともなかったが、互いの出版物は交換しあっていた。

そのうち、不思議な仏縁で、私は岩手県の極北の天台寺の第七十三世住職として晋山することになった。岩手県《いわて》二戸郡《にのへ》（現・二戸市）浄法寺町御山《じょうぼうじまちおやま》が所在地で、浄法寺町というのは、日本一の漆《うるし》の産地としてその道の人の間では有名である。人口は六千人足らず。天台寺の檀家は二十七軒。寺の経営がなり立つわけはない。世界一と誇る漆も、漆かきが居なくなって、量産が出来なくなっている。その漆で塗った浄法寺塗りと名のついた工芸品も、高価になり需要者が年々少くなっている。今では煙草の栽培が何よりの町の収入源となっている。

その町の若い町長がいきなり京都の寂庵を訪れ、私に晋山して欲しいと要請した日が、たまたま、私の得度記念日であった。唐突な要請に全く乗り気でなかった私が、その日が得度記念日であったことに不思議な因縁を感じ、結局、町長のねばり腰に負けてしまったという次第であった。

十一月十四日に訪れた町長が引きあげたあと、比叡山の高僧からも要請があり、私はついに天台寺の住職を引き受けることになってしまった。

毎年十一月の半ばから春四月まで雪に埋もれてしまう天台寺へ、四月から十月まで毎月通って青空説法を始めた。夏はほとんど避暑もかねて、八月一杯、寺で暮すことにし、毎年の大晦日《おおみそか》は雪の天台寺へ籠り、元旦詣りの人々を待って除夜の鐘《かね》をつき、新年の祈りをする習慣をつけていた。

境内《けいだい》にあかあかと炎をあげるたき火を三所作ると、その廻りに参詣者が集って炎に照らされた顔を見合せて談笑する。

「住職よう、ずっとずっと、元旦詣りには来てくんろよなあ」

「んなら、百まででもええじゃ」

「いんにゃ、百二十までは持つべえ」

そんなに生きてたまるものかと思いながら、天台寺へ通いだして年と共に体調は至ってよくなっていた。

その夏も、私は天台寺に籠っていた。下界はかつてない暑さだと聞えてくるのに、天台寺では朝晩、上着が離せないほどの涼しさだった。夜になると、月も星も下界では考えられないほど鮮やかに輝き、見上げているとおびただしい星がなだれをつくって降りかかってきそうな目まいに捕われる。雨戸をしっかり閉ざして、広い庫裡《くり》にひとり寝ていると、たいてい夜なかに雨戸をほとほと叩いたり、ものがぶつかるような重い音がする。檀家の年寄の話では、狐や狸《たぬき》が餌《えさ》を需《もと》めて来るのだから絶対、雨戸を開けてはならぬと言う。昼間、目の前をかも鹿が流れるように横切って走ったのを、何度か見ているので、古老の話もありそうなことだと思えた。

そんなある日の夕暮れ、突然、山道を登ってきた人影があった。形ばかりの玄関から声をかける男の声に障子のすき間から覗いて見ると、思いがけない連城三紀彦さんの姿があった。ちょっと控えた形で、もう一人連城さんより若い男がそばに立っていた。

「まあ、いらっしゃい、よかったわね、もう五分もしたら、すっかり暗くなるところでしたよ」

「突然で……申しわけありません。でも怖かったので、どうしてもここに来たくて」

本当に何かに追われて脅えているような表情と声でどもりがちにいう。若い男は黙って連城さんの影のように、身動きもせず控えている。

檀家の婆さまが造った自慢の自家製どぶろくをすすめると、それをさもうまそうに呑んで、ようやく一息ついたふうに話しだした。

「女がぼくの部屋に居据ってて帰らないんです。もとは一年くらい係りだったんですが、今は関係ないんです。それなのに、いつでもいきなりやってきて、勝手にコーヒーを淹れたり、夜食を造ったりして帰らないんです」

「一度くらい手をつけたの？」

「いいえ！　とんでもない。タイプじゃないです。馴れ馴れしくて厚かましくて、何か勘ちがいしてるんです」

「その人だけじゃなくて連城さんはやさしそうに見えるからモテるでしょうね。女にも男にも」

「え？」

みるみる白い顔を赫《あか》くして、コップのどぶろくをあわてて呑みこんだ。

「何か勝手に勘ちがいしてるんですよ。彼女のいる部屋ではとても仕事など出来ません。営業妨害です」

頬をふくらませて文句を言いつづける連城さんが可愛らしくなり、私はつい笑ってしまった。

「可哀そうに……いいえ、あなたじゃなくて片想いの彼女のことよ。でも、今夜はここに泊っていきますか？　あまり客用の夜具がないけれど、私の来ない時、檀家の者が代り番こに宿直するので、一応夜具はあります。この囲炉裏《いろり》の部屋が一番暖いから、ここで寝てもいいんですよ、私はこの奥に私専用の部屋がありますす」

「いやあ、有難いですね、京都に伺おうと電話したら、こちらにいらっしゃると聞いたものですから」

連城さんは初めて、つれの青年を改まったふうに紹介した。

「ぼくの助手みたいなことをしてもらってる奴です。新劇の役者の卵です」

あとの説明はなかった。解ってくれたでしょうという甘えの表情が連城さんの白い手入れのされた顔に紅をはいていた。

檀家の婆さまたちは、私が天台寺に通うのは、彼女等が各自で密造しているどぶろくの美味さにつられているのだと思いこみ、競争で届けてくれるので、まだ手つかずの一升びんが二本ある。肴《さかな》は三陸《さんりく》から届けてくれる新鮮なうにやあわびがあるので最高である。二人の酒量はほりあっていて、いい勝負だった。揃って陽気に酔う性《たち》なので、時間が経つほど楽しくなった。私がどぶろくを京都まで持ち帰ろうとして、新幹線の中でびんのどぶろくが発酵して、固くはめた栓《せん》を吹き飛ばして、あたり一面どぶろくがあふれて大恥をかいた話をすると、二人の男は涙を流して笑いころげてしまった。

「それでもね、まだあきらめなかったの」

「ええ？　今度はどうしたんです？」

「檀家のじいさまがね、そりゃ、固く栓をしたからわりいんだ、あれを運ぶのは、藁《わら》を束ねて、栓にして、そっと抱いて持って行くべきだと教えてくれて、自分で藁の栓をしてくれたんです。確かに今度は長い道中も両膝の間にしっかり挟んで運びました。無事寂庵まで持ち帰り、やれやれと、ひとりでびんのどぶろくをコップに移したところ……」

笑いにむせてあとがつづかない私に、男たちは興味津々《しんしん》で息を呑んで、

「それで？」

とうながす。

「コップの中のどぶろくに一杯蟻《あり》が浮いてたの」

「えっ？」

「藁の中に蟻がひそんでたんですよ」

「ああ、もったいない」

連城さんが悲痛な声を出す。

「で、しょう？　とても捨てられませんよ。あたし、茶こしでこしてそれを呑みました」

あんまりすべてに感情を表わさない若い大坂三郎《おおさかさぶろう》さんが、その場にひっくりかえって、むせ笑いしている。

そんな一夜の後は、すっかり遠慮がとれて、連城さんたちと私は身内のよう

に親しくなっていた。それでもお互い忙しいのでめったに逢うことはなかった。作家どうしのつきあいは、雑誌や本の広告を見て動静を知るだけで充分だった。

それから何年たっていたか、ある時、いきなり連城さんが寂庵にひとりで訪ねてきた。出迎えたスタッフが顔色を変えて私に告げにきた。

「連城さんにちがいないですけど僧衣着て、頭剃って……」

と絶句している。あわてて玄関に出迎えた私は、そこに僧形《そうぎょう》になって墨染《すみぞめ》の衣姿になった連城さんの変り果てた姿を見て絶句してしまった。連城さんの父方の家はもともと真宗のお寺だったので、連城さんが継がなくては絶えてしまうから出家したというのだった。

「小説は？」

「もちろん書きます。でもいざ坊主になってみると、色々面倒なことが多くて時間とられますね」

その口調が他人事のようなので安心した。

「小説はやめたらだめよ」

「はい、そのつもりです」

その晩、連城さんは私に奥田瑛二《おくだえいじ》さんを紹介した。どんな成行だったか忘れてしまったが、その夜は私の行きつけの祇園の「竹の家」で舞妓《まいこ》をあげて私が歓待したような気がする。初対面の奥田さんは颯爽《さっそう》としていて、舞妓や芸妓《げいぎ》に大もてだった。連城さんは始終無口でおとなしく盃をふくんでいたが、新米の小坊主のように僧衣がしっくりせず、それを誰よりも自分自身がわかっているらしく始終ぎこちない身のこなしをしていた。

奥田さんはひとり陽気に酔い、初対面の私と、連城さんを両脇にかかえて、おでこにキスしたりして上機嫌だった。私はその一夜で、連城さんが奥田さんに真剣な恋を抱いていることを見ぬいた。俳優だけでは収まらない奥田さんの多彩な才能を連城さんは誰よりも早く見抜いていた。

それから連城さんの仕事量が次第に減っていくようになった。

人づてに、母上の介護を連城さんが引き受けているという風聞が耳に入ってきた。

編集者の誰彼に訊いてみても、

「お母さまの介護がそれは大変なようですよ。連城さんはやさしい方だから献身的に徹底してお世話していらっしゃるようです」

という答ばかりだった。たまたま私はその頃から源氏物語の現代語訳の大仕事にかまけていて、人とのつきあいや義理をかまっていられない数年に入っていた。奥田さんにもあれきりで連絡するほどの心の弾みはなかった。ただ、目ざましい確実な奥田さんのその後の仕事ぶりには目を見張って、ひそかに拍手を送っていた。

源氏物語の完成後、日本国内はもちろん、アメリカ、フランス、ドイツまで講演に駆け廻った。国内の各地で展覧会もつづき、私は休む閑もなかった。達成感の昂揚と骨身にしみた過労を持て余している時、婦人雑誌から、グラビアつきで春の四国巡礼に行ってくれないかという話が持ちこまれた。先達は私の尊敬している仏教学者の久保田《くぼた》展弘《のぶひろ》さんで、同行のお仲間は連城三紀彦さんという。連城さんはすでにこの企画に大乗気で張切っているとか。私は一も二もなく承諾した。

何年ぶりかで逢った連城さんはいくらか肥っていたが元気で、僧衣ではなく、白いパンツにトレーナーという若者スタイルで、昔の連城さんらしく粋でスマートだった。嬉しいことに、天台寺へ一緒に来た大坂三郎さんが、あの頃のままの風貌《ふうぼう》で付き従っていた。

お母さまの容体がいいので、少し気分が楽なのだという。何事にも正確で緻密な計画を立てる久保田さんを先達に私たち三人はひたすらのんびりと尾《つ》いていけばよかった。うららかな春の花ざかりの遍路道を腰の鈴を鳴らしながら歩いて行くのは、久しぶりの心のほどける行楽だった。高い所によじ登ったり、せまい道を腰をかがめて通るのは連城さんは苦手だった。そういう場では子供のように臆病で尻ごみするのがおかしく、久保田さんや私はわざとそんな道を歩かせて連城さんの泣き顔を見るのを楽しんでいた。

その道中、菜の花畑に一休みした時、連城さんがふっとため息をもらすような口ぶりでつぶやいた。

「あのう、ぼく、いつか寂聴さんを書きたいんですけど、いいでしょうか」

「えっ？　それって伝記？　小説？」

「小説です。ぼくなりの寂聴さんのロマンスです。長篇で……」

「どうぞ、どうぞ。できるなら、私の生きているうちに読ませて下さいね。楽しみだわ、それ、読みたいわ！」

私は本気で連城さんの書く自分を読みたいと心がはやった。

婦人雑誌の遍路の記事は好評で、連城さんの旧くからのファンに大きな反響があったということだった。

それっきり、また連城さんの消息が途絶えてしまった。お母さまの病状が再び重態になり、介護で仕事が出来なくなったという。

文藝春秋よりの訃報のあと、方々の新聞に連城さんの死亡記事や追悼文が現れるようになった。一枚だけ、ぞっとするほど老けた別人のような連城さんの写真が載っていたが、他のはすべて直木賞をとった頃の晴れやかな笑顔で、私の親しかった連城さんの在りし日のままのなつかしいポートレイトだった。

京都と名古屋なのに、自分の仕事の忙しさにかまけて、私は連城さんを一度も見舞うことがなかった。電話を二、三度かけたが通じないことを口実に、あえて度々見舞うことも怠っていた。今更、詫《わ》びても後の祭りだ。三郎さんに連絡の取り方も聞いていなかった。天台寺の連城さん、祇園の連城さん、遍路の連城さん、それぞれの場のはにかんだ笑顔がありありと浮んでくる。私を書くという原稿は何枚まで書かれていたのだろうか。連城さんの頭の中だけに書き出しがあったのだろうか。

それにしても今年は何と知人の死が打ちつづくことか。後半年だけでも、七月高橋《たかはし》たか子《こ》（81）、九月酒井雄哉大阿闍梨《さかいゆうさいだいあじゃり》（87）、九月山崎豊子《やまさきとよこ》（89）、十月秋山駿《あきやましゅん》（83）、十月連城三紀彦（65）、十月丸川賀世子《まるかわかよこ》（82）とつづいている。

半年に六人とは。この人たちは私にとっては浅かれ深かれ有縁の人々である。

酒井大阿闍梨以外は、すべて私の文筆業の仲間であった。高橋さんと山崎さんは、さほど深いつきあいはなかったが、それぞれ忘れ難いほど、心をむきだしにしたなつかしい会話をしたことがあった。

丸川さんは同郷の後輩で、文学を志し、上京した当座は、よく泊りこみで話しこんだものだが、同年の有吉佐和子《ありよしさわこ》さんと縁が出来、有吉さんの最後まで誰よりも心を許した親友になっていた。有吉さんの没後、『有吉佐和子とわたし』という一冊を残し、故郷に帰り筆を絶っていた。

たてつづけに訪れる訃報にその度、予期しなかった深い衝撃を受け、そういう自分に驚くもう一人の自分がいた。

最もこたえたのは秋山駿さんの訃報であった。秋山さんは秀《すぐ》れた文芸評論家で、かねがねその仕事ぶりに傾倒していた私は、自分の文学全集が新潮社から出た時、全巻の解説文を秋山さんにお願いした。「もし、引き受けて下さったら……」という恐る恐るの希望だったが、編集者からそれを聞いた時、秋山さんはその場で快諾して下さったという。あまり健康でもない秋山さんの原稿の遅れを、編集者は毎回はらはらしていたが、私は一度も不安を感じていなかった。

多作の私の本の大方を、秋山さんが読破してくれていることを私は知っていた。いわゆる純文芸物でないエンターテイメントと呼ばれている私の数多い小説まで、秋山さんはほとんど読破していて下さった。その文学全集に、私がそうした小説のほとんどを外して純文芸物だけでまとめたことを、秋山さんは不満に思われていた。そのことを文章にもし、まれにお逢いした時にも繰返し言って下さった。「ああいう小説類をぼくが認めるのは、あれ等の中に、時代と風俗がしっかりと描かれているからですよ。それは文学史的にも大切なことなんです」

秋山さんは若い人のように思いつめた一途な口調でそう言ってくれた。

川端康成《かわばたやすなり》氏は、物書きの知人が亡くなったら、その故人の作品を何日もかけて読み返すと、書かれていた。一度真似しようとしたが、とても不可能だった。この度、秋山さんの訃報の後で、私のために書いて下さった文章だけでもと思い、数日かけて読み返した。全集のはさみこみ文は勿論《もちろん》、これまで文庫に書いていただいた解説文を片っ端から読み直した。そのうち涙があふれ出てきて、読めなくなってしまった。「新潮」の追悼文に、私は秋山さんを恩人だと書いた後であった。原稿を渡した後で大げさと取られまいかと気になっていたが、私は、自分が書いた文章を改めて正しかったと思い返した。

酒井雄哉阿闍梨さんの訃報には相次ぐ訃報の中でも格別のものがあった。

阿闍梨さんと私は四歳の年の差がある。私が年長であるが識りあってから四十年近くにもなるうち、只の一度も私が年長だなどと感じたことはない。二人とも在家《ざいけ》から突然出家して天台宗の僧籍に入れていただいた点が似ているだけの関係である。私が五十一歳の秋出家した時、酒井さんは、すでに四十一歳で得度されており、僧侶としては私より先輩だが、いつ逢ってもにこにこして和顔《わがん》施《せ》の権化《ごんげ》のような方だった。約七年かけて四万キロ歩く「千日回峰行《せんにちかいほうぎょう》」の荒行《あらぎょう》を、二度も満行《まんこう》した偉人である。親しくなってから、雑誌やテレビの対談がよくきて、度々お話ししたことがあった。どうして二回もなさったのかと訊くと、「行者《ぎょうじゃ》はね、歩いている時が行者なの。行を止めたとたん、体がむずむずして、すぐまたやりたくなる」

と、あっさり言われる。何でも訊いてくれと、いつでも全身裸で、両手両足を開いているような無防備な態度だった。ある時、たまたま二人きりの私的な会話の際、御自分の方から話しだした。

「わしは在家の時は、いろんな仕事して、いい加減で、ずるいことも悪いことも一杯したのよ。それでもずっと、だめ人間をやめたいとは心の中では思いつづけていたの。そんなわしにも嫁さんになってくれる女《ひと》がいて、人並に夫婦になれた。おとなしい無口な女だったの。夫婦なんて何でもないことでちょっと口げんかなんかするでしょう？　ある朝わしたちもちょっとしたことでそれやって、お前なんか死んじまえって言ってひとり外に出たの、それで夕方帰ってきたら、女房が死んでた。自殺だった。

そんな時、どうします？　自分も死ぬか、坊主にでもなるしかないでしょう」

私は返事の仕様がなく深くうなずくだけだった。阿闍梨さんの方から、私に出家の理由など一言も質問されたことはなかった。

私は阿闍梨さんの京都大廻りといって一日の間に京都の市中を歩き通す行に、二度お供したことがある。この行の時は、誰でもお供が許される。最初の時、私は阿闍梨さんのすぐ後ろについて歩きはじめたが、道の両側に土下座してお加持《かじ》を頂く人々が待っているのを、阿闍梨さんが一人一人お加持をさずけ乍《なが》ら歩かれるので私もどうにかついて行けた。

ところがいつの間にか道端の連中がいなくなり、市中に入ると、阿闍梨さんの足は飛ぶように速くなり、清水寺《きよみずでら》へ行く三年坂の石段は三段ずつ飛ばして登るので、それに死物狂いでついて行ったら、清水寺の舞台で、私はついに動けなくなってしまった。一行に取り残され、その場に坐りこんで、体じゅうの痛さに泣いていたら、お供の若い坊さんが一人戻ってきて言う。

「阿闍梨さんがおっしゃいました。舞台の隅っこで寂聴さんがのびて泣いてるから行って見てやれと」

私は恥しさで顔も上げられない。

「だって阿闍梨さんは正面ばかり見て背後なんかちらとも見ないのに、どうして私がここでのびてることがわかるんですか」

「阿闍梨さんは人間じゃないですから」

それにも懲《こ》りず、また何年か後の二度目の大廻りにも私は参加した。一度目の時、行についてきていた在家の阿闍梨さんの崇拝者のおばさんたちの一行が、

「あら、また来たの？　今度は完行できる？」

とからかってくる。それでも体を鍛えたためか、この日は夕方の最終地までどうにか落伍せず完行した。解散の時、阿闍梨さんが私を目で捕え声をかけてくれた。

「ようやれたね」

満面の笑みが言葉以上に有難かった。

私は六十五歳の時、仏縁で岩手県極北の天台寺の住職として晋山しなければならなくなった。ところが、その直前、その寺へ入った住職は必ず中風になるか、何かの病気にかかって早く死ぬという噂が入ってきた。しかもその実例を住職の名を並べて送ってくる人さえいた。最も新しく示寂《じじゃく》されたのが私の法師の今東光《こんとうこう》師であった。さすがの向うみずの私も気が劣え、迷いぬいた末、酒井阿闍梨さんの所に一人で秘かに駆けこんだ。阿闍梨さんは私の話を聞き終ると、いつもの笑顔の消えたきびしい表情で、私を広い護摩《ごま》堂へ連れていかれた。そこは阿闍梨さんが命がけの十万枚の護摩をたいた場所で、私もその恐しい情況を満杯の人垣の間から拝したことがある。

その日は誰ひとりいない森閑《しんかん》とした護摩堂に坐って、阿闍梨さんはいつもの柔和な顔で言われた。

「わしの力ではどうしたものかわからん、護摩をたいて進ぜよう、仏さんがどうしたらよいかお答え下さる」

私はその場に平伏していた。私一人のために、あかあかと燃え上る護摩の炎を見上げながら、私も夢中で真言をとなえつづけていた。

護摩の火が消えた時、阿闍梨さんがいつもの柔和な顔で言われた。

「行けと、仏さんがいうてなさる。ただし旧い寺で魔物がいっぱい居ついてるから、気をつけた方がいい。これをあげるから、持って行きなさい。これは私が行にいつも持っている脇差しで、関《せき》の孫六《まごろく》の作だから、守ってくれる」

「そんな大切なものを」

「行の途中で、行が出来なくなった時は、これで命を落すつもりで持っていた。足のおや指が行の途中で腐りかけた時、これで切って捨て行がつづいた」

私はその名刀を押し頂いて、阿闍梨さんの声を夢のように聞いていた。

「天台寺で眠る時、頭の上にこの刀を置くように」といわれた言葉を守り、私は二十年勤めあげ、月一回の法話ひとつで寺を復興させることができた。住職は若い人に譲った八年後も、まだ、名誉住職として、年四回は法話に通いつづけている。

阿闍梨さんは、普段でもつとめて日本全国を歩かれていた。ある年、東北を選ばれ、その途中に天台寺にも詣って下さることになった。その前日、二戸の駅前の旧い菓子屋の主人が、愛妻が癌で死にかかっているからと私に助けを需めに来た。私にはそんな法力は全くないことを告げ、病人の寝巻を持って明朝来るように言いつけた。翌朝、それを捧げもたせて、天台寺へあらわれた酒井阿闍梨さんのお加持を頂戴させた。

阿闍梨さんは何の説明も聞かず、泣いている男のささげる寝巻に、丁寧なお加持を下さった。

それから二ヵ月後、菓子屋の主人が天台寺の庫裡に飛びこんできた。

「女房が……女房が生き返りました」

三つの病院で三人のドクターから同じ診断をされた病人が、あの寝巻を着て以来、奇蹟的に快方に向い、癌が小さくなりつづけている、医者も不思議がっているというのであった。菓子屋の奥さんは、今はすっかり丈夫になって、毎日店に出ている。菓子屋の奥さんだけでなく、私は阿闍梨さんのお加持や護摩で、病気が治ったと信じている人に幾人も逢っている。

多くの命を救った酒井阿闍梨さんが癌で八十七歳で亡くなったとは！

亡くなった九月の上旬のインタビューをまとめた阿闍梨さんの本が早くも出版された。

『この世に命を授かりもうして』と題された本の冒頭の阿闍梨さんの言葉は、

「わし、この本ができるころにはもう生きておらんのやないかなあ？」

であった。

長くしょげている私に、モナが言った。

「阿闍梨さんのこと、私だって知ってますよ。でもそんなえらい行者さんが自分の癌を手遅れにするなんて、仏さまってほんとにあるんですか？　仏さまってそんなに薄情なんですか？」

「仏さまが危いよってサイン出して下さっても、そのサインを捕えられない時があるのよ。それが運命かな」

「センセもうっかりやだから仏さまのサイン逃しそうですね。大丈夫、モナが気をつけて聞いていますからね」

「そんなことしてたらお嫁に行きそびれるよ」

「えっ？　そんなに長く生きてるつもり!?」

それぞれ

「げっ、一行も書いてない！　どうするんですかあ、山田《やまだ》さんに言いつけますよ！」

　モナの疳高い声が頭の上ではじける。いつの間に書斎に入って来たのか全く気がつかなかった。締切はもう五日過ぎている。まさか今月こんなに忙しくなるとは思っていなかった。

「どうしてこんなひどいスケジュールなのよ」

「えっ？　それってモナに言ってるんですか？　あたしの作ったスケジュール表どこへやったんです？　ほら、捨てるゴミの中に突っこんでるじゃないですか、いいですか、あたしは、ここから、ここまで二週間、何もスケジュール入れてないでしょ。いつの間にかその間に、テレビや対談をつめこんだのはセンセなんですよ。『群像』と『すばる』と『東京新聞』と『京都新聞』の原稿をこの間に書いて下さいって、赤線で囲んであるでしょ。それをグチャグチャにして、何でもかんでも引き受けたのはセンセなんですよ。どうしてくれます。秘書の面目丸つぶれですよ」

「そんなに怒るなら辞める？」

「また、そういうことをいう。あたしが辞めたら、もう二度とこんな優秀な心の広い秘書なんて来ませんよ。いいんですか？」

「だって、春の革命のあと、何とかやってきたじゃない。あの時誰もやっていけるなんて思った人いなかった筈よ」

「そりゃあ、モナが残ったからじゃありませんか」

「…………」

「納得してませんね。ところで何を悩んでるんですか。あたし、この頃ようやく解ったんです。センセの何か食べたい顔、呑みたい顔、人に逢いたくない顔、特定の人に逢いたい顔、書く弾みのついた顔、書く気の乗らない顔、何かたくらんでいる顔……」

「へええ、それで今の私は？」

「何か深刻な顔してますね。また誰か亡くなったんですか？」

「ちがう。『死に支度』の今月号に『臨終行儀』を書くつもりで、資料を読み返しているんだけど、色々考えこんでしまうのよ」

「『りんじゅうぎょうぎ』って何ですか」

私は手許の紙に漢字を書いてやる。

「死際の作法ということ。仏教では死ぬ時、どういう作法を取るかということ」

「死ぬのに作法がいるんですか」

「お釈迦《しやか》さまは北枕で右を下に左を上に横になって亡くなられたのよ。つまり西方を向いてね。だから私たちは北枕って厭がるでしょ。死ぬ作法はまだしたくない。人間はもっと長生きしたがってるから」

「それって迷信でしょ」

「仏教の信者にとっては迷信とはいえない」

「さっき深刻な顔して考えこんでいたのはそのことですか？」

「いえ、もう今月書くことは決ってるんだけど、自分の臨終について想像してたら、ふっと悩みが生れたから」

「どんな？」

「前から、その点を秘かに悩んでるんだけど、昔の偉いお坊さまは、死ねば自分の死体は野に捨て獣の餌にしてやれっていってるの、でも今、この時代、そんなことしたら、捨てた人が警察につかまってしまうでしょ。焼けば一番手っとり早いけれど、死体は全部病院に寄附して、内臓を病人に役立てるという方法もある。私のような出家者は、当然、何もかも捨てて死体も他の役に立つよう遺言すべきなんだけど、私、正直なところ、自分の内臓を自分以外の誰かにあげるのは厭なのよ」

「どうしてですか？」

「好きな人にならいいけれど、どこの誰かも知らない、もしかしたら好きなタイプじゃない人に自分の内臓が利用されるのは、感覚的に厭なの、その考え方が出家者として恥しいとわかってるから、このこと考えると憂鬱《ゆううつ》になってしまう」

「ふうん、いいじゃないっすか。だってセンセはそんなに偉い坊さんじゃないんでしょう。それにもう九十年以上も使い古した内臓だし……あっ、ちょっと待って！」

モナがあわてて立って行った。私が読みかけの『往生要集《おうじょうようしゅう》』に神経を集中させていたら、モナが足音高く書斎に入ってきた。

「バンザーイ！　センセはもう年寄りで、内臓なんて使いものにならないんですって。お姉ちゃんに今、メールで訊いてみたら、はい、返事が返ってきました」

三人姉妹のモナの姉のマユさんは医者になって医者と結婚して、今、岡山《おかやま》で新婚生活を営んでいる。モナが紙切れに書きうつしてきた文字が整然と並んでいる。

「ドナー年齢基準
心臓　50歳以下
肺　70歳以下

腎臓　70歳以下
膵臓　60歳以下
小腸　60歳以下

先生
よかったね!!
\(^_^)/

「心配しただけバカみたい、センセの内臓はもう賞味期限切れで、何ひとつ役に立たないんだって」

私はモナに負けないくらい笑いむせてしまった。

「さ、無駄な悩み捨てて早く原稿書いて下さい」

モナが去った後も、しばらく私は笑いつづけて身をよじっていた。

「人間七十年も生きていると、身のまわりから大切な人々が次々歯が抜けるように死んでいく」

そんな書きだしの随筆を文芸誌に書いている。題は「臨終行儀」である。

　一九九二年（平成四）の五月に私は満七十歳になっている。今から二十二年も昔のことだ。七十歳の私は、まさか九十過ぎまで自分が生きていようとは思わず、愈々《いよいよ》自分も晩年を迎えたと思いこんでいた。そう思わずにいられないほど、私はこの年に次々自分に縁の深い人々に死なれていた。

　両親と姉の家族三人は既に死去していたが、余程前世で私は悪業を果したのか、三人の血縁の家族の死目にすべて会っていない。姉の死からも十年近い歳月が過ぎ去っていた。

　前年一九九一年（平成三）の一月二十七日、私が家を出る原因になった男、私の小説の中では涼太《りょうた》と名づけられている人物が死亡している。別れてから二十数年ただの一度も出逢うことがなかった。子供が欲しくなったと言いだした男と別れ、彼は自分の子供を産みたがっている若い女と結婚し、二人の子供に恵まれていた。死は彼の親友で私たちの情事のすべてを見守ってきた健一《けんいち》が知らせてきた。健一は私が涼太と別れた後も、私との親交はつづけて寂庵にも月に一、二度は顔を見せていた。二人の間には申し合わせたように涼太の話はなかった。

その日、異常に寒さのきびしい朝であった。突然、寝起を叩き起すような勢いでかかってきた健一の電話で涼太の死を知らされた。その前日、健一に涼太から遺書めいた葉書が来たと伝えられていた。事業に失敗し、体も肺癌がすすみ、もう生きてゆく気力も失ったというものだった。

「家族は女房の里にやって、ひとり首をくったらしい」

上ずった疳高い健一の声を聞きながら、私は妙にしんと落着いていた。やっぱりあれは別れの電話だったのだ。前夜、夜なかも机にしがみついていた私に電話があった。取りあげて声をいれると、電話は切れた。無言電話など全くかからなくなって何年も過ぎていたので、間違いだろうと気にもしなかったら、すぐまた電話が鳴り、苛立った声で「もしもし」を繰返す私の声を確めるような沈黙がつづく。苛立って私は乱暴に受話器を置いた。

死亡したのはその直後の時間のようだった。後一ヵ月で六十六歳になる筈であった。

それから一年過ぎ、閏《うるう》の二月二十八日に別れた夫が死亡した。八年前、姉艶の死亡したのも二月二十八日だった。国会図書館の副館長を定年退職した後、金沢の大学に通い現役で仕事をつづけていた。会議中脳内出血をおこし、病院へ運ばれる車の中で意識を失ったとか。病院の名前と、医師の名前をはっきり指示したのが最後の言葉だったという。それでも病院で二十日ばかり生きていて、私の娘と現夫人に看護《みまも》られ安らかに逝ったと聞いた。私と別れた後、熱心なクリスチャンになっていて盛大な教会葬が営まれたと、娘から聞かされた。享年七十八だった。長命の家系なので、知人たちが口を揃えて若死だといっていた。

それから三ヵ月後、二十数年来、最も親しかった井上光晴《いのうえみつはる》さんが逝去した。五月三十日であった。三年間の癌との凄惨な闘病の果ての痛恨の死であった。年齢は涼太と同年で私より四歳若かったが、誕生日が同じ五月十五日であった。私は知り合って以来、文学以外のあらゆる面で井上さんの指導を仰ぐようになっていた。世界に変動が起った時、国内の政治の異変の時、何でも私は井上さんに電話で意見をただした。

「それはこういうことです」

「おれはこう思う」

井上さんの自信に満ちた大声の断定を聞くと、私はいつでもその答えを無条件で信じこんだ。信じこませる精力が声にあふれていた。

私が五十一歳の秋出家した後も、井上さんはよく京都へ訪ねてきた。出家して二年めに、私がクモ膜下出血を患った時のことだった。私は見舞いに来た井上さんに、自分のことばがロレっていないかとこっそり訊いた。井上さんは大声を少しも改めず、はっきり言い切った。

「ロレってるよ。ここに引っこんで人には逢わない方がいい」

「仕事が出来るようになるかしら」

「……仕事が出来ない頭になったら死になさい。自殺出来なかったら、おれが殺してあげます。ものを書かない瀬戸内寂聴なんて、生きていても仕様がない」

最後まで文壇三大音声《おんじょう》と言われているその声は朗々とあたりの空気を響かせていた。

井上さんの癌は腸から始まり、次第に上へ移っていった。三年間、井上さんは病床でも執筆は休もうとせず、ベッドでも書きつづけた。さすがに全国に広まっていた個人主宰の文学塾へは出かけられなくなっていた。

癌に効くという薬は、あらゆるものを入手したがった。癌が転移する度、迷わず手術をして斬り捨てようとした。

「全身斬られ与三《よさ》みたいになってても斬りまくって生きてやる！」

本気の目をぎらつかせて言った。

「考えてごらんよ。おれまだ六十六なのよ。せめて七十七ならね。六十六なんかで死ねるかよ」

知り合って以来、毎年同じ誕生日には朝の電話でおめでとうを言い交してきた。

その年、私は七十歳を迎え、各社の編集者たちが古稀《こき》の祝いの会を催してくれた。行きつけの小料理屋を借り切りにして、およそ関係のある各社の編集者が集ってくれた。彼等は井上さんが同じ誕生日であることを識っていて、井上夫妻を特別出席者としてお招きしていた。

会の始まる前、お二人が誰よりも早く駆けつけて下さった。背広を身につけた井上さんは、別人のように痩せ細り、かつての軀《からだ》中から精力があふれているような圧倒的な存在感はなかった。

全員が出席して、賑やかな会が始まり、乾杯をした時、井上さんただひとりにお祝いの言葉を司会者が需めた。編集者ばかりで、作家は井上さん以外、誰も呼んでいなかった。

井上さんは私と同じように大きな黄ばらの花束を誕生祝いとして貰った後で、酒の満たされたコップを片手に持ち、全員の前に立ち上った。すぐ横で井上夫人が心配そうに見守っていた。

「一番幸福な人を、同じこの世で一番不幸な人間が、心からお祝いするというのもいいものです。

ぼくは今日浜松《はままつ》の病院へ出かけて深刻な最後の審判を受けてきた帰りにここへ寄りました。瀬戸内さんはぼくより四歳年上でこんなに元気です。益々元気でいっぱい仕事して下さい」

六十人ばかりの編集者がしんとして聞いていた。中には泣いている女性の編集者もいた。

誰かが思いだしたように拍手をして、みんながあわててそれに続いた。

その日、井上さんは遠い病院で、決定的な診断を下されたらしかった。

井上さんの癌は、ついに肺に移っていた。

肺の次は頭に移る、その時は狂暴にあばれることもあると、何かで読んでいた。私は心配で、郁子《いくこ》夫人に大丈夫かと訊いた。郁子夫人は、

「そんな力はもう内臓にありません」

とひっそりと答えた。

「今度は長い計画で見舞ってくれ」

という井上さんの電話に愕いて、京都から駆けつけたら、近所の病院に移っていた。そこの院長が最初に井上さんの癌を発見した人だった。癌専門の病院へ紹介した後、最期は看《み》ようとしてくれていた。

ベッドの脇の小卓の上に本があるのが目についた。岩波文庫の『往生要集』だった。

私は都心の病院の井上さんの病室でも部厚い大判の『往生要集』が窓際の棚の上に載っていたのを見た覚えがあった。

井上さんは私の視線の行方を目敏《めざと》く見て、

「源信《げんしん》はいいね、でも、もう本も読めなくなった」
とつぶやいた。初めて見る淋しそうな昏《くら》い表情だった。井上さんだけでなく井上一家は無宗教だった。死ねば無だと、多くの作家の言うようにいつも言っていた。死を間近にわが身に感じて、井上さんほど強気な自信家でも死後の世界に想像が及ぶようになったのだろうか。

一条《いちじょう》帝の御世《みよ》の学徳秀一と称された名僧の源信（九四二〜一〇一七）は、大和《やまと》の葛城当麻《かつらぎたいま》の出で、父は卜部正親《うらべまさちか》、母は清原氏《きよはらうじ》だった。母に大道心があり、源信は母の影響で仏教に縁ができたのだと言われている。十歳にならない頃から比叡山《ひえいざん》に上り、十五歳前には師僧良源《りょうげん》の弟子となり出家している。学才の誉れが高かったが、世の栄名を望まず横川《よかわ》の恵心院《えしんいん》にかくれ、著作と浄業《じょうぎょう》につとめていた。世に恵心僧都《そうず》と崇《あが》められ、信者も多かった。紫式部《むらさきしきぶ》は「源氏物語」に恵心僧都をモデルにした僧都を出して浮舟《うきふね》の出家をとげさせている。源信は母の死を看とった翌年「往生要集」を六ヵ月で完成させている。師の良源もこの著の執筆中に示寂している。

何のために誰のために書いたのか、「濁世末代《じょくせまつだい》」の「頑魯《がんろ》の者」たち（自分を含めて）のすべてに極楽へ生れ変るための教行を懇切丁寧に説き聞かせたのである。この作品の出来上るのを待ちかねて、一条帝の御世の貴族たちは争ってそれを書き写し、競って読んでいた。現今でいう超ベストセラーである。文章は漢文であったから、教養のある人々にしか読めなかった。僧侶や貴族の男性たちだけが漢文を身につけていた。それでも紫式部や清少納言は、女ながら珍しく漢文が読めたが、その実力は紫式部の方がはるかに上であっただろう。

紫式部は「往生要集」がベストセラーになると共にその人物や存在にまで人気の集った実在の横川の僧主源信を、「源氏物語」の中に重要な役をなす僧として登場させている。紫式部の書いた横川の僧都は厳しい高僧ではなく、なつき易い温顔の優しい人物であった。生涯不犯《ふぼん》の聖僧だが、当時の高僧には貴族の男女が、人には秘密の情事まで打ち明けている。罪の告白を書いた赤裸々な情事のことわりを、高僧は仏に報告し、罪の消滅を祈ってやる立場にある。

現実の横川の僧都源信が果してそういう立場にあったかどうかわからないが、紫式部の横川の僧都は、そういう立場の僧として書かれた。

生真面目な物堅い薫大将《かおるだいしょう》に身を任せた浮舟が、情事のベテランの匂の宮《におうのみや》に犯され、二人の男の中で悩みあぐねた末、宇治川《うじがわ》に身を投げるが死にきれず、向う岸の貴族の邸にたまたま母を迎えに来ていた横川の僧都に助けられる。浮舟はショックで一時記憶喪失症になり、自分の名も存在自体もわからなくなっている。

そんな浮舟を僧都の母と妹が、自分たちの庵《いおり》にかくまってやる。やがて記憶がもどってきても浮舟はそれをかくしている。老母と妹が再び観音詣りの旅に出たすきに、見舞に立ちよった横川の僧都に必死に出家得度を懇願する。僧都は浮舟の真剣さに心をうたれ、その場で浮舟の髪を剪らせ、自分の袈裟《けさ》を貸してやり得度式を行ってしまうのだった。

死んだと思いこんでいた浮舟が生きていることを察した薫が横川の僧都に事情を打ちあけ、浮舟を許すから自分の許に帰してくれと頼むと、びっくりした僧都は、浮舟に向って、一日でも出家した功徳《くどく》は消えないから、還俗して、あんなに愛してくれる男の妻になればいいとさとす。私の前に見事な「源氏物語」の訳業を完成された円地文子《えんちふみこ》さんは、

「横川の僧都って、ずいぶんいい加減じゃない」

と憤慨されていた。私はいかにも一生不犯の聖僧らしい人間の情事のいざこざなどにおよそ無知で、竹を割ったようにさっぱりした紫式部の書いた僧都が好ましいのだった。

宮中から召されても山を降りないのに老母が旅先で病んでいると聞くと、たちまち横川を出て、宇治まで駆けつける。現身《うつしみ》の僧都源信も母孝行の厚さが伝っている。

井上さんは私が「源氏物語」の現代語訳を始める気持は識っていたが、私が実際に書き出したことは知らなかった。

五月三十日、呼ばれて私は井上さんの臨終に立ち会った。埴谷《はにや》雄高《ゆたか》さんが枕元でしきりに声をかけていた。その度井上さんはすでに焦点の定まらなくなった眼で、埴谷さんの顔を探そうとした。フェミナ賞をとり作家への道を踏みだしたばかりの長女の荒野《あれの》さんが、ずっとベッドにしがみつき、井上さんの手を握りしめ、声を張って告げた。

「新潮社で私の本が出るのよ。もうすぐ本になるのよ」

それに答えはなかったが、荒野さんの握りしめた掌には嬉しいという反応があったのかもしれない。さっきから井上さんの瞳は動かないのに、何かを探していた。夫人の郁子さんがずっと病室から居なくなっていた。一刻も病人が放さない連日の看護で疲れ果て、別室で倒れているのではないだろうか、井上さんの不安を察した荒野さんが家に電話をしたようだが通じなかったらしい。

声の出ない井上さんのやせきった頬に不安が痛ましく濃い影をつくってきた。

その時、ドアからすっと風のように郁子さんが現われた。

「お母さんよ！」

荒野さんの声に井上さんの半ば閉じかかった目がかっと開いた。元気な時ならどこに行ってたとどなりつけるだろうに、井上さんのあの大声はなかった。

郁子さんと荒野さんにしっかり手を握られたまま、井上さんの息が止まった。いつの間にか部屋に入ってきていた院長が声を出さず、郁子さんと荒野さんに頭を下げた。

またひとり、大切な人がこの年他界された。今堀誠二《いまほりせいじ》先生は五年ほど前から入退院をくり返し闘病生活に苦しまれていた。最後は隔日に透析をくり返す病状で、死因は多臓器不全とされていた。七十七歳だった。

広島《ひろしま》大学名誉教授で、広島女子大で十年間学長を務められたのが最後の勤めであった。

教職者としても功績が多かったが、本来は東洋史専攻の学者で『中国封建社会の構造』で学士院賞を受賞されている。闘病中もベッドの上に机を置き、『中国封建社会の構成』を完成されてしまった。広島の今堀家といえば、兄弟すべてほとんど天才的頭脳を持っていて、その道の学者たちの研究資料になっていると聞かされている。お姉さんも妹さんも数学を専攻し、高校の教師になっていた。三人すべて独身なのが気になったが、研究に追われて結婚する閑がないと笑っていた。

一九四四年（昭和十九）、北京で新婚生活を始めていた私たちの住いへ、蒙《もう》古《こ》の調査旅行の帰りだといってふいに立ち寄って下さった。夫と同じ外務省の留学生として渡燕《とえん》され、私たちが住んでいる紅楼飯店《ホンロウファンテン》に今堀さんも住んだ。当時から夫は今の一階の部屋で今堀さんは三階だったという。留学期間が終った時、今堀さんはさっさと広島へ帰っていったが、夫は支那古代音楽史の研究をもっと北京で続けたいと望み独り残った。今堀さんのいた三階の部屋には、すぐ京都大学から留学してきた佐藤長《さとうひさし》さんが住みつき、チベット学の研究をしていた。

紅楼飯店は白系ロシア人のミスターシキンという男が営んでいたホテルの名《な》残《ご》りであった。飯店というのは中国語でホテルのことで、シキンはロシア料理が自慢のホテルの経営がうまくいかなくなって、全館アパートにしてしまったのだった。北京の銀座通りといわれる王府井《ワンフーチン》に歩いて三分という場所だったから、住人は何かと便利だった。夫たちのような学生は少なく、日本から出張している商業会社の社員や、自己貿易業者や、学校の講師や助教授など雑多な人で埋っていた。

東単三条胡同《トンダンサンテイアオフオトン》が王府井から直角に出ていてその三条胡同に入ってすぐ左側に更に小さな胡同がかくれていて、その突当りに総赤煉瓦の紅楼飯店が建っていた。

小さな胡同から入ると、そのまま真っ直ぐの正面に、私たちの部屋の入口の石段がある。旧くからいる中国人のボーイやアマたちも今堀さんを覚えていて、いそいそと集り、挨拶していく。約束の外出の多い夫が夕飯は佐藤さんも一緒に東単市場でカオヤンローにしようと出かけた後、今堀さんは私を故宮と天壇へつれていってくれた。北京に来て以来名所などどこも見ていないというと、ひどく気の毒がり、

「ぼくが御案内します」

と申し出てくれたのだった。故宮や天壇より、私は瑠璃廠《ルリチヤン》の文房具の店が面白かった。

子供のように買った紙や筆を胸に抱きしめて歩く私を守るように歩きながら、今堀さんが言った。

「彼に聞いてますよ。小説を書かれるんですって？」

「ひゃーっ、何でそんな恥しいことというのでしょう。才能ないと思って学者の妻に鞍替えしたんです。私、もともと学者に憧れてたんです。男だったら学者になりたかった。悌《てい》を学者の卵とばかり思って北京へ来ました。でも今まで暮してみて、どうやら彼は学者でなかったみたい」

「……人がいいからつき合いが多すぎるんです。学者は無愛想でなきゃなれない」

「あら、だって佐藤さんは無口だけど話すと面白いですよ。とても女性にもてるんです」

「へえ、知らなかった」

「今堀先生だって、よく私なんかにもお話し下さるじゃありませんか」

「それは、初対面だし、あなたが面白い方だからですよ」

「でも悌は北京がというより中国がほんとに好きだから、帰りそうもありませんわ」

「やっぱり小説をお書きなさい。結婚しても自分の可能性は磨きつづけ、伸ばさないと可能性が可哀そうです。あなたの中には特別なセンスがあります。ぼくは女子大生を扱ってるので女の人の中の才能の芽に敏感なんです」

結婚以来そんな他人のお世辞を聞いたこともない私は、すっかり嬉しくなった。

喫茶店で中国茶をのみながら、ふっと今堀さんが言った。

「ところで、赤ちゃんは？」

「八月に生れるんですって」

廻りの人がふりかえる程、今堀さんは大きな声で笑った。

「まるで他人事みたいな言い方ですね」

私もいっしょに声をあげて笑った。何だか楽しくてならなかった。北京へ来て以来、こんなに明るい学生時代のような自由な感覚は忘れていた。翌日、帰りの挨拶に来た今堀さんは大きな籐《とう》の編かごをかかえていた。

「赤ちゃんの寝床です。中にかぶせる蚊帳《かや》も入ってます。庭の樹の下なんかに出してもいいように」

私ははじめて自分のおなかに居るらしい赤ん坊の呼吸を聞いたような甘い気分になった。

敗戦後、私が夫の家を飛びだした時も、今堀さんは私の身方をしてくれた。京都でひとり働きだした頃、学会に来たといっては私の勤め先に寄ってくれ、新しい軍足《ぐんそく》にびっしりつめこんだお米をだまって置いていってくれるのだった。着のみ着のままで飛び出した私に、衣類はあなたの所持品です。置いてくるわけはないといって、東京の夫の下宿へ行き、隣の人を証人にして、夫の留守の家の中から当座の私の衣類を取り出させ、ボストンバッグにつめて持ち出してしまった。

荷物を持って東京駅へ私を送ってから今堀さんは中野《なかの》の従妹《いとこ》の家に泊りに去っていった。まだ二、三日東京で仕事があるという。一人になった私は、心細くてならなかった。今堀さんはこれらの衣類は私に所有の権利があるといってくれたが、誰もいない家にしのびこんで、行李《こうり》の中のものを持ち出した行為は泥棒のように思えて私は収りがつかなかった。とうとう私は夫に電話をして、衣類を持ち出したことを報告した。夫は「そこを動くな」とどなっただけで電話をきり、十分もしないうちに東京駅にあらわれ、衆目の中で私のボストンバッグを奪いとり、走り去ってしまった。

その件で夫と今堀さんが絶交状態になったのは当然であった。

晩年は原水爆禁止や平和運動に捧げ尽し、広島の今堀と国内はおろか外国にまでその道の指導者として、平和運動者としての賞をあれこれ受賞していた。

病院から車椅子で運動に出かける姿が痛ましかった。

「平和運動は忍耐、忍耐を積み重ねる中で、必ず平和運動は勝利を得る」と声をふりしぼって話したことが、この世に遺した最後のメッセージになった。

私の反権力や人権を守る運動に積極的なことや、平和への志向が強いのは、すべて今堀誠二の思想の影響である。かけがえのない恩人の一人をまたしても失ってしまった。

これが私の七十歳である。

この年から歳月は歩みつづけ、二十年が流れ、私は今年九十一歳になり、法臘《ほうろう》は四十歳を迎えてしまった。さすがに足腰が弱くなり、遠距離は車椅子を平然と使うようになっている。

本棚から引っ張りだした『往生要集』を今こそ自分の臨終の用意のために丁寧に読み直している。

人間が死ぬ時はどんな聡明な人でも頭がぼやけて、何を口ばしるかしれない。私は八歳の時、父の姉、つまり伯母の死を間近に見た。伯母は吉野川《よしの》の向うの農家に嫁いでいたが一人娘の北子《きたこ》が十一歳の時、病を得て、徳島の町の病院に入院し、そこで腸捻転《ちょうねんてん》の手術をしたがよくならず、徳島の私の家に退院してきた。川向うの伯母の婚家に帰る気力も体力もすでになかったのだ。私の父は病人を家の一番広い座敷に北枕、西向に寝かせた。伯母は体の右を下にして顔は西を向いていた。父が、

「これがお釈迦さんの涅槃《ねはん》の時の姿勢だ」と集った人々に言った。父が南無阿《なむあ》弥陀仏《みだぶつ》を称え、皆にも称えるように言った時、伯母が「ちょっと待って」と手で制する形をして、一人一人の顔を見て、娘の北ちゃんを目で招き、その顔をじっと見つめて、

「お母さんは死ぬんでよ。北ちゃんは賢うなって、みんなに好かれて、いい嫁さんになるんでよ。皆の衆、いろいろ有難うございました。豊吉、ずいぶんお世話になりました。ありがとうよ。北子をよろしくな」といい終ると、がっくり首を落した。父があわてて「南無阿弥陀仏」と念仏を称え、その場にいたすべての人がそれに和した。私もその時、はじめて大きな声で念仏をくり返し

た。

　神仏具商になった私の父は、臨終の行儀をいつの間にか心得ていたのだろう。この伯母を父は兄弟の中で誰よりも慕っていたし愛していた。伯母の村では土葬《どそう》であった。丸い棺桶《かんおけ》に正座させて男たちが突っこんで蓋をしめた。人々の後ろから見ていた私はたくあんを漬《つ》けるようだなと感じた。

　伯母の家の背後に墓地があり、その一部にすでに穴がほられていて、その中に棺桶は男たちの手で沈められ、上に土が厚くかぶせられた。その墓地からはよく火の魂がふわふわと出て暗い夜空に飛ぶことがあって、子供たちは怖がっていた。

　これほど臨終行儀を守った父は、前にも書いた様に刑務所の町の差入物を売る店の二階で、こんぴら灸であっという間に殺されたのだった。私が駆けつけた時は誰も念仏など称えている人間はいなかった。それでも父の死顔は生前の時より端整で上品で眠っているようだったのが、今思い出しても唯一の救いであった。

臨終行儀

「お早うございますなう」

晴れやかなモナの声が襖の外でする。

「お早うなう。昨夜は徹夜で四時に寝たから、起きないなう。食事いらないなう」

襖がそろりと十センチほど動き、モナの片目が覗いている。

「すっかりなう語うまくなりましたね」

「コーヒーがほしいなう」

「オッケーなう」

目下寂庵ではなう語がはやっている。なうは英語のＮＯＷで、会話の最後になうをくっつけるのが今、若者の間ではやっているのだという。

　コーヒーを持ってきたモナの手の爪が複雑な模様に彩《いろ》どられている。うっかり、マニキュアが複雑ねなど言おうものなら、たちまち反撃される。

「マニキュアなんて言わないですよう。ネイルっていうんです。足の爪の方はフットネイル。おわかり？　なう」

「了解なう」

「センセって、ほんとに面白いね、素直なのね、今時の若いもんは、なんて一度も怒らないんだもの。なう語だってすぐ上手になるし、ほんとに新しい老人タイプね」

「若い者には巻かれろっていう老人の保身術よ、いちいち反論したり、教育したりすると時間が惜しいじゃない」

「ふうん、単に時間の問題か」

「それにしても、今日のまつ毛はどうしたの？」

　ちかごろモナはまつ毛を長く濃く見せることに凝っている。まつ毛エクステをちぢめてマツエクというのだそうだ。つけまつ毛が長すぎ濃すぎ、いかにも重そうで異様である。大きな目だし、自分のまつ毛だって結構長いし、マツエクなんかする必要ないと思うけれど、そんな感想は言うべきではなかったのだ。若い者には黙って巻かれていればいい。案の定、モナの表情が硬くなった。

「あたしの目は大きいから、これくらい長い方がバランスがとれてるんですよう」

「誰がそう言ったの」

「この前男の子に言われたの」

「ああ、その子がタイプだったのね」

「そんな単純な想像力で、よく小説家になれましたね」

「コラッ！」

モナは廊下にすっ飛んで襖をしめ、その向うからどなっている。

「研修生にマツエクさせると、金額が激安になるんですよう。あたしこれで経済観念にすぐれてるんですよう」

どうでもしろと、私はコーヒーを半分も呑まないで、睡魔に引きずりこまれてしまった。

夢も見ないで爆睡《ばくすい》し、目を覚ましたら、もう午後になっていた。

アカリがそっと部屋にしのびこみ、私の様子をのぞきに来ていた。もとは八畳の床の間つきの、寂庵で一番落着く日本間だったのを、私が圧迫骨折で半年も寝こんだ時、ベッドを入れ病室にした。その時床を板敷にして床の間を取り襖や障子はそのままの、落着かない洋間にしてしまったのだった。私はベッドを頭が北向になるように置き、そこに眠る度、そのまま目が覚めなくてもいいと思うのだった。

「大丈夫ですか？　何も食べないでいいんですか？　お粥《かゆ》作ってありますけど」

アカリが氷水の入った青いグラスをさしだしてくれた。その手の指の爪が真紅と銀でぴしっとネイルされている。

アカリは一見おとなしい生真面目そうな娘の印象を人に与えるが、モナより二歳若いぶん、結構大胆で進んでいた。

モナがその方が安いからと、インターンの研修生の試験台になってブラジリアンワックスをして、痛いめにあったのに比べ、アカリは大学三年の夏、全身脱毛をしてしまったという。それを何でもないようにモナが私に告げた時、私はやはり絶句して目を白黒させていた。

「そんなびっくりした顔して、やっぱりセンセも普通の年寄のセンス残ってるんですね」

「モナならそうかと思うけど、アカリは一見さりげない娘《こ》に見えるから」

「じゃ、もっとびっくりさせてあげます。そのお金高いから、ローンで払ってんですよ。たいてい学生はローンでそういうことするんです」

「ふーむ、そのローン、今も払ってるの」

「あと七ヵ月くらい残ってるって」

私が声も出ないで、ただふうむ、ふうむ、と大きな息をしていると、モナがけたたましく笑いだした。

「やっぱりセンセも新しいようで結構旧いんだ。そんなにびっくりしてるんだもん。六十六の年の差って、理解のとどかない点があって当然ですよね、センセなんかそれでもずいぶん進んでますよ、感心！」

「別にほめて貰わなくて結構よ。ただこれが女が解放されてるってことなのかと、首をかしげてるだけよ」

「半世紀以上年月が過ぎれば、何だって変るの当り前でしょ。センセは昔から不良に憧れてたって昔のエッセーに書いてるけど、センセの頃の不良なんて、今じゃ普通の若者でしょ。ホリエモンだって刑務所から出て、すぐ全身脱毛したって、ツイッターに出てましたよ。今度また対談があるから、その時訊いてみたら？」

モナに私はずいぶん教育されたようだけれど、六十六歳の年齢の差は半年や一年くらいでは埋められる筈はなかった。

今のモナやアカリの考え方や行動を見たら、私が情熱をこめて書いてきた明《めい》治《じ》の終りから大正のはじめの頃の「青鞜《せいとう》」の女たちは何と思うだろう。自分の身の廻りに張りめぐらされた厚い固い因習の壁を、自分の素手で爪をはがして血みどろの手で掻《か》き落し破り落そうとしたあの新しい女たちの、悲壮な戦いを思いおこしたら、百年後の日本の女たちの意識や行為の変り様を何と見るだろうか。何といっても一世紀で最も著しく変ったのは、性に対する観念と扱いだった。妻子のある小説家森田《もりた》草平《そうへい》と塩原《しおばら》で心中未遂をして官憲に捕えられた平《ひら》塚《つか》らいてうに浴せられた世間やマスコミの弾圧のすさまじさ。

二児をもうけた間柄の辻潤《つじじゅん》を捨て下の子をつれてアナーキスト大杉栄《おおすぎさかえ》に走った伊藤野枝《いとうのえ》、大杉栄を中心に妻保子《やすこ》、愛人野枝と神近市子《かみちかいちこ》の三人の女たちがフリーラブの試験台として世間の好奇の目にさらされ、ついに、市子が大杉を刺すという刃傷事件を起した時、世間が彼女たちに見せた非難と罵倒《ばとう》の嵐を思いだしてみよう。らいてうはじめ、これら世間を騒がし非難を受けた女性たちは、今ほどでなくても当時から存在したマスコミからの徹底的な圧迫に負けてはいなかった。自分たちを非難する世間やマスコミの方が思想が旧くさく、人間の自由の尊さについて無智蒙昧《むちもうまい》だと信じていた。

どんな非難にもきりっと頭をあげて平然と立っていた。百年前の彼女たちが思い描いていた女性の理想の自由の姿と、現代の若い娘たちが当然だと行動してこれが自由と信じているものとは、果して同じものだろうか。

辛いダイエットをしてやせ、黒髪を金茶に染め、体毛を除き、爪を彩どり、つけまつ毛をつける。更には美顔手術で本来の容貌まで変えてしまう。

何のために。未来の自分と愛しあう男を釣るために。

「今のあたしたち若い女は、アメリカやヨーロッパふうの女になりたいんですよ。ハーフ顔ってやつ。それが今の流行。顔つきも、髪も、目の色さえ」

わざわざ青いコンタクトをいれる娘たちも多くなっていると、けろりと言う。彼女たちは求める男たちも可能なら外国人ふうの顔つきが好ましいという。

そんな話を聞かされると、いくら物わかりのいい老人のつもりでも、思わず「やれやれ」という重いため息がでてしまう。

ある午後、キッチンへコーヒーを淹れにいったら、二人の娘が華やかな笑い声をたてている。私の顔を見ても笑いつづけている。

「何がそんなに面白いの」

「いえ、今夜アカリちゃん合コンなんです。一人めちゃかっこいい子が来るんですって。それであたしがどんなにその子が好みでも今夜は何もしちゃだめよって忠告してるんです」

「いらぬお世話じゃないの、どうしてそんな小姑みたいなこと言うのよ」

「だって、はじめて会った日にすぐ言うことをきくと、軽く見られてそれっきりなんですよ。尻軽女と思われて、向うはいただき逃げなんです。ぜったい、はじめての日はしないってのが、われわれのルールなんですよ。これで案外、あたしたちってお堅いんですからね」

私はふき出してしまった。

「チャンスはそう度々来ないものよ、チャンスを取り逃すのも智慧《ちえ》なしだって」

「あきれた！　センセの方がずっと尻軽で不良なのね」

「もと不良よ！　今は清らかなものだわ」

「身を守るために、今夜は下着に気をつけろって忠告してるんです」

「下着？」

「ええ、こういう日は、わざとゴワゴワのセンセのパンツみたいなのはいてくべきなんです」

「あたしの下着ゴワゴワなんてひとつもありませんよう」

「でも、とにかくおへそまであるオバチャヤマパンツでしょ。センセってあたしたちくらいの年、つまり六十六年前の二十五歳の時も、オバチャヤマパンツはいてたんですか？」

「失礼ね、二十五の時は、あたしはもう家を飛び出してましたからね。男なんかいくらでもついてきた頃よ」

「だから、どんなパンツはいてましたかって」

「そうね、白い木綿の……」

「おへそのかくれるタイプでしょ、今時、ダサイもん。ほら、あたしたちはこんなにコンパクトな小ちゃな片掌に入る可愛いパンツです」

いきなり二人は申しあわせたようにパッとスカートをめくって花模様のたいそう小さなパンティーを披露した。

「でもはじめて男の子と逢う時はわざとオバチャマパンツはいて、下のヘアももじゃもじゃぼうぼうで出かけます。いざという時、あ、今夜はオバチャマパンツに、もじゃもじゃだと思いおこせば、どんな甘い誘惑も防げます。相手もあんな可愛い顔してるくせになかなかしっかりしてるじゃんと見直すでしょ。わかりました？　あたしたちってとてもお堅いんですよ、寂庵スタッフとして模範的優等生ですよ。おわかり？」

「わからない。だってそんなことといってせっかくのチャンス逃してたら、あたし、あなたたちの結婚式に出られないじゃないの、言っときますけどね、あたしは、そう先、長くないですよ。ここんとこ、やたらと上京したり、たてつづけに遠くへ行ったりしたせいで、すっかり心身共疲れはてて、もう本当は一行も書きたくないほど体力弱りきってるのよ。気力はあるけど、体力がついて来ない。こんなこと、この年になるまで、はじめてのことよ。頭にセメントがつまったみたいで、何も湧いて来ない。ついにいよいよ認知症になったかも」

「いやですよ！　もしそうなったら、あたしたち失業じゃありませんか！」

「そういうことね」

「そういうことじゃありませんよ」

それまで黙っていたアカリが生真面目な表情で口をはさんだ。

「でも、食欲はわたしたち以上でおとろえていません。朝から豆入り餅焼いたの一切れ、スッポンスープのおじやに、わたしの作った野菜サラダに、いわしのごままぶしに、卵一個……」

「ほら、食べすぎで胃も頭も重いんですよ」

「今にみてろ、呆けてやるから……結婚式なんか行ってやらないから」

「ああ、やっぱり、これ認知症はじまってるんじゃない？　アカリ！」

「やっぱり食べすぎで、頭に血が上らない状態じゃないでしょうか？　わたし、経験あります」


毎日が死に支度の気持が次第に強く身についてくる。十一月と十二月に呆れるくらいテレビ撮影があり、それがみんな大仕事で、一つに四時間とか三時間とか収録にかかって、さすがの私も疲れきってしまった。

たぶん最近とみに次々人が死んでゆくので、九十一歳の私もいつ死ぬかわからないから、今のうちに撮っておけと考えているらしい。どのテレビも大がかりで御大層であった。上京したり、寂庵へスタッフが来たりするが、結局寂庵へ八人も九人も来られるより、東京へ自分が出かけていった方が楽だという結論に達する。

それよりもう、これでテレビもラジオもお断りとすれば一番いいのだと思う。年の瀬にとうとう過労で体調を崩し、声が全く出なくなった。熱はないが、食欲がなくなり目を閉じれば泥のように眠りつづける。正月も何もする気がしない。人にも会わず正月三日から病院が開くのを待ちかね、すぐ側《そば》に出来た小児科のお医者さんに診《み》てもらった。若いしゃきしゃきした女医さんが診てくれ、

「他の病院へ行けば、このまま入院で帰してくれないところです。相当重症ですよ」

と、点滴してくれる。九十にもなれば子供と同じだから小児科でいいのかもしれない。モナも過労から風邪と胃腸がやられていると点滴される。お薬、漢方薬、山のようにくれる。ただしお酒は厳禁といわれてがっかりする。

暮の二十九日に東京から帰ってずっと人にも会わずごろごろする。前のスタッフたちも私を休めようと気をつかって年賀もひかえてくれる。TELがあってもひどい私の声を聞いたとたん、向うでTELを切ってくれる。

冗談ではなく、今年くらいで私の定命もついに終りになってくれるのかと、真剣に考える。

何はともあれ、寂庵と寂聴庵にあふれている本と資料の片づけをして、身の

まわり一切をきれいに断捨離して、四十年前、出家した時のように身ひとつになるべきだと決める。

徳島の文学書道館の館長は、今年三月まででやめさせて貰う話をようやくつけたが、名誉館長になって見守ってほしいと言われている。

天台寺も年四回が無理なら年二回にしてやはり法話をつづけてくれという。昨年十月の法話の後で、本堂は改修のため、テントでくるんで工事中になった。工事は三年かかるから、その間はテントに包まれた本堂の前で法話をつづけろという。そんなところへ法話を聴きに人が集ってくれるだろうか。第一、改修が終るまで、私の命が保たれようか。

二百基造った天台寺の墓は、ほとんど売り切れている。私の墓にも彫りこむ文字を急がねばならぬ。

葬式は簡素にと言ったところで、天台寺と寂庵では誰かが行わないわけにはいかないだろう。一遍上人《いっぺんしょうにん》は自分の門弟たちに、自分が死ねば葬儀などしないでいい、自分の死体は野に捨てて獣にくれてやれと遺言したが、それでも在家の信者たちに供養をしたいという者があれば「いろうに及ばず」と言いそえている。いろうとはとやかく干渉せず、捨てておけということであろう。死に際して紫雲がたなびいたり天から花が降ったりする奇瑞《きずい》を認めなかった一遍は、自分を慕う信者たちの素朴な真情まで拒否しようとは思わなかったのだ。いろうに及ばずとつけ加えた一遍のやさしさが尊く匂う。

また、ある人が、一遍の臨終の近づいた時に、一遍に向って、上人のような尊い聖《ひじり》の臨終には、どんな奇蹟がおこるのでしょうかと訊いたところ、一遍は、

「立派な武士と仏道の修行者は、自分の死ぬ様子を、まわりの者に知らせたりはしないのだ。自分の命が尽きる時は、誰も知らないだろう」

と答え、実際その通りになって、誰も気づかぬ正応《しょうおう》二年（一二八九）八月二十三日にひっそりと亡くなっている。

私は国宝の一遍聖絵を見て感動して、『花に問え』という一遍聖絵を題材にした小説を書いた。七十歳の時であった。女流文学賞以来三十年ぶりに思いがけず、その小説で谷崎潤一郎《たにざきじゅんいちろう》賞を貰ったことが奇縁であった。

私が子供の頃つまり今から八十年ほど昔、昭和のはじめの頃は、故郷の徳島

あたりでは、人が死ぬのはほとんど、その人の家であった。家族や親しい間柄の人々が集まり、病人のまわりを取り囲んで、死を見守った。ところが何時頃からか、病人は病院へ入院させられ、病室で息を引きとることが通例になってしまっている。

死んでゆく病人は誰もが家で死にたいと思っている。しかし家族は病院にいてくれる方が楽だから、家に引きとりたくないのが本音のようだ。病人が家に帰りたいといっても家族は何とかかとかなだめすかして、病人を退院させようなどとはしない。

その人が死んでから、もう十年もの歳月が過ぎてしまった。その人とは私が出家して京都に庵をかまえてからのつきあいであった。私より三歳年上だった。京都の室町《むろまち》の礼服専門の呉服を扱っている老舗《しにせ》の女主人だった。家付娘で温厚な人柄の聟《むこ》養子と結婚し、四人の子をなして、おだやかに暮していた。

室町のその通りは軒並、呉服関係の老舗が並んでいたが、どの家も京都の昔風の町家で、大きな看板などなく、どの家もひっそりと紅殻格子《べにがらごうし》の戸を閉めていた。大島専門の店や、婚礼衣裳専門の店や、風呂敷専門の店などで、ほとんどは卸専門の商いで、ゆったりと構えていた。法衣屋の紹介で、私は中居《なかい》商店に法衣の染めを頼むようになり、女主人の操《みさお》とすっかり意気投合してしまった。小柄で色白の姿や顔付から窺える家付娘らしい気位の高さや鷹揚《おうよう》さが、亡くなった私の姉に似ていて、まるで姉が生き返ってくれたような感じがして私は操さんになついてゆき、彼女の方でもそんな私にたちまち親愛感を示してくれるようになっていた。

二人の男の子は揃って秀才で京大を卒業してアメリカへ留学していて、家業はつぎそうもなく、しっかり者の長女の愛《あい》さんが、家業に身を入れていた。いつの間にか私は中居家の身内のような扱いを受けていた。

小柄だけれど、いつもしゃきしゃき動いて健康そうだった操さんが、私の姉と同じ大腸癌にかかり、手術をしたらかえって癌が方々に移ってしまって急激に重症になっていった。

病院に見舞う度、小柄な体が益々小さくなっていくのがいたわしくてならなかった。愛さんがほとんど毎日病院につめていた。末っ子の怜《れい》さんは銀行に勤めていたが、その帰りには欠かさず病人を見舞っていた。

そのうち病人は家に帰りたいと言いはじめ、そうなると頑是《がんぜ》無《な》い子供のように聞きわけがなくなり、帰りたいとむずかり子供のように声をあげて泣きだすようになっていた。

二人の息子がアメリカから呼び戻され、病人はついに家に戻ってきた。近所の医院と契約して、在宅ケアをしてもらうようになった。

家へ帰って二ヵ月と過ぎない頃、病人が私に逢いたがっているからと、突然迎えのタクシーがやってきた。車の中には怜さんがいたが、泣きはらした顔が痛々しく、病人の病状の重さが聞かずとも察せられた。怜さんは私にしがみつくようにして、しゃくりあげた。

「昨夜から、急に悪くなったんです。意識ははっきりしているのが、かえって可哀そうで……」

操さんの病間になっている仏壇のある奥の八畳に、操さんの病床を囲んで家族全員が集っていた。

「お母さん、寂聴さんが来て下さったよ」

愛さんが鼻にかかった涙声で病人に顔を近づけて告げ、私に席をゆずった。操さんは私のさしだした手をしっかりと握った。見開いた両眼から涙がふきあふれた。どう見ても、それは臨終の座敷だった。私は自分が何を言っているのかもわからなくなり、やせ細った操さんの手を撫でさすりながらつぶやいていた。

「操さん、みんな集ってるのね、家族がひとり残らず。お父さんも、子供たちもひとり残らずよ。しあわせね、操さん、こんなやさしい家族に愛されて、守られて……ありがたいわね」

操さんの手が私の掌をつかんだ。思いがけない強さで、痛いほど握りしめられ、操さんの声がはっきり聞えた。

「……だから……だから、どうしてこの人たちの中から、わたしひとり、わたしひとり、ぬけていかなならんのですか、いきとうない……」

家族たちの間から押えきれないすすり泣きがわきおこった。近所の医者と看護師がいつの間にか来ていて、私の向い側に坐って、操さんの脈をとっていた。医者が自分の腕時計を見て、

「×時××分……でした」

と告げ深々と頭を垂れた。

家族だけを残し、医者と私は次の間にひかえていた。

看護師は歩いて帰れる距離の医院に引きあげていた。襖からは隣室の泣き声が洩《も》れていた。

医者が、ひとり言のようにつぶやいた。

「いい御臨終ですね。私も、家の座敷で、ああして家族に取りまかれて、あのような死に方をしたいものですなあ」

私の耳の奥には「いきとうない！」とせい一杯叫んだ操さんのせつない声がひびき渡っていた。


私が子供の頃は癌などという病名は聞いたこともなかった。かかれば必ず死ぬと怖れられていたのは、肺病と呼ばれていた。肺結核のことだが、結核などとは誰もいわず肺病といった。「鳴いて血をはくほととぎす」とか歌って、肺病になれば喀血《かっけつ》すると決っていた。

どういうわけか、肺病はうら若い娘や前途有為な青年に取つくことが多かった。かかってしまえば治る例は少く、しかもこの病気は伝染する。一家から複数の肺病の患者が出ることも珍しくない。徳島のような地方の因襲の濃い町では、あの家は肺病のスジの家などと決めてしまって、結婚話の時には、肺病の血統だと扱われ、不利になった。残酷で不幸な病気だと信じられ毛嫌いされていた。

ところが、それから百年もたたない現在、結核で死ぬ患者のことなどほとんどきかなくなっている。肺病は治る病気になり、代って癌が、往時の肺病以上に不治《ふじ》の病と呼ばれ恐れられている。肺病に比べて伝染性がない点だけがましだった。それでも日進月歩の医学の成果は、あれほど人をおびやかした癌でさえ、治る可能性を実証してきた。かかれば百パーセント死亡するといわれていた癌患者の死亡率はここ十年程で目ざましく減少している。

人間の寿命は信長が人間五十年と謡い舞った時から驚異的に延び、二十一世紀の現在、日本でも百歳を越えた長寿者が五万人も存在しているという。クモ膜下出血とか圧迫骨折とか患いながら、しぶとくよみがえり、私はこのままでゆけば百歳を迎えることも不可能ではないように思われてきた。

正直に言えば、私はもうつくづく生き飽きたと思っている。我《わ》が儘《まま》を通し、傍若無人に好き勝手に生きぬいてきた。ちっぽけな躰の中によどんでいた欲望は、大方私なりの満足度で発散してきた。

最後のおしゃれに、確実に残されている自分の死を見苦しくなく迎えたい。人は自分の生を選び取ることは出来ないけれど、死は選ぶことが許されている。

幸い私は自分の選んだ出離者という立場で、自分の死を迎えることになった。

真夜中、机に向い原稿を書きつづけ、ふと疲れきってうたた寝している時などに、私は自分の肩から背のあたりにより添う、何かのあたたかな気配を感じることがある。疲れきった神経の中で、私はその霧のような気配をしっかりと捕え、疲れきった心身があたたかく癒やされるのを如実に実感する。そのぬくみを板のようにこわばった肩から背に受けながら、私は今、訪れてくれている霊魂の存在を否応ない実感で受け止めているのであった。

出家して丁度四十年を迎えている。毎朝律儀に決った時間に勤行《ごんぎょう》をするわけでもなく、夕べのおつとめを欠かさないというわけでもない。破戒無慙《むざん》な出家者として恐る恐る仏前に掌を合せ、つたない読経を奉っていても、御仏《みほとけ》はそういう私をゆるし給い、大きく包んで下さっている。私の定命が今も尽きないということは、御仏のはからいのおかげによるのであろう。

山田恵諦《やまだえたい》お座主《ざす》は御生前、一方ならぬ御慈悲を私におかけ下さった。その折々に頂いた深い御いつくしみのあたたかさを私は忘れはしない。

御遷化《ごせんげ》なされた日、報せを頂いて、私は嵯峨から坂本の御自坊まで駈けつけた。一足前に病院からお帰りになったとかで、玄関には隙間もなく、お見舞いの人々の履物が並んでいた。

誰かが、私の手を取り、玄関に引きあげて下さり、

「早く、早く、間に合ってよかった」

と言いながら、人々の間を縫ってお座敷へ通して下さった。そこにお座主が

布団の上に仰向けになっていらっしゃった。すぐ医者があらわれ、看護師に手伝わせお座主のお寝巻の胸をはだけさせ、馬乗りになって人工呼吸を始めた。医者も顔を上気させ必死にその作業をつづけているが、そのまわりに隙間もなく詰めかけた僧侶たちも、緊張で息をつめ、その作業を見守っていた。やがて医者はお座主さまのお躰から降り、お寝巻を整え、身を引くと、

「御臨終でございます」

と口の中でいい、その時刻をはっきりと告げた。瞬間、張りつめていた空気が崩れ、泣き声が部屋のあちこちから静かに湧いてきた。私は胸が震えつづけていたが、涙も出ずこんな間近で天台宗最高の高僧の御遷化に立ち会った感動に茫然としていた。

人々が動き始め、ふと気づくと、まわりには私以外誰もいなくなった。私は何にそうされたのかわけもわからず、つとお座主さまの御遺体に近づき、右手でお座主さまのおつむを撫でていた。私の掌にまだほのかにあたたかな御体温がしっとりと伝ってきた。

近々とひれ伏し、合掌した時、どっと堰を切ったように、両眼から熱い涙が

あふれ落ちてきた。

これより三日前に病室のお弟子の僧侶たちに取り囲まれ、その口々に不動真言（慈救呪《じくのじゅ》）をあげさせられ、御自身もそれを誦されているうち、

「おお、たくさんの御仏たちがお迎えに来られた。そのお姿が見える」

とおっしゃったと伝えられている。それより三日後に御自坊に帰られ御遷化されたのであった。

まさに高僧遷化の理想的な御様子であった。

尊厳ある死に方というのは、人間として最後の誇りの示しどころであるのだろうか。

日本の仏教では魂は死後もあるものと信じ、今生《こんじょう》の死は、来世への旅立ちであると考える。幸い仏教には「臨終行儀」なるものが定められていて貴賤を問わずその方法が用いられ、江戸末期までそれがつづいていた。

天台僧源信が十世紀末に著した「往生要集」が、その基になっている。

それには、僧房で病人が出れば、「無常院《むじょういん》」という別室に移す。そこは清められ、散華《さんげ》や焼香で飾られている。阿弥陀仏の像が安置されている。その仏像

の右手は天を指し、左手は下に下げ、五色の幡《ばん》を持っている。

病人はこの仏像の前に寝かされ、仏像の左手から垂れる五色の幡をわが手に持ち、二十五菩薩の来迎《らいごう》を願いながら念仏をつづける。

源信は更に「二十五三昧会《さんまいえ》」という講社も作っている。これは二十五菩薩にたとえた二十五人の講員が、病人の枕元に付添い、死を看守るのである。一緒に念仏を称え、病人の心を励まし、心を来迎に向けさせ、安らかに死なせる。これを看死と名づけて、源信は重要視していた。

藤原道長の臨終の様子が「栄華物語」に描かれているが、源信の『臨終行儀』を忠実に実行したもののようである。

北枕、西向の右脇臥《わきが》は、釈尊入滅の姿に倣《なら》ったものである。

日本仏教では理想的な死に方を「坐脱立亡《ざだつりゅうぼう》」とする。坐脱は結跏趺坐《けっかふざ》し、坐禅を組みながら示寂することで、中国から来られた鑑真和上《がんじんわじょう》、真言宗の興教大師覚鑁《かくばん》、臨済宗大燈《だいとう》国師の例がある。

良寛も臨終に臨んでは抱き起してもらい坐脱している。関山慧玄《かんざんえげん》は、手甲《てっこう》、脚絆《きゃはん》をつけ、

「これから行脚《あんぎゃ》に行くぞ」といって立亡したという。
明恵《みようえ》上人は、坐脱を試したが最後は右脇臥になり、これが楽だといって、
「今は臥しやすむべし、其期近づきたりと覚ゆ、かきおこすべからず」
と告げ「南無弥勒菩薩《みろくぼさつ》」を称え示寂している。
こうした高僧聖僧たちの死に方はおよそ望むべくもないが、出家した以上、
私も少しはましな死に方をしたいものだと思ってはいるがさて。

負け戦さ

「ええっ？　まさか、するんじゃないでしょうね」

モナのほとんど叫びに近い声が、電話を切ったばかりの私の背後で爆発する。

「することに決めた」

「はァ？　それって裏切りじゃないですか？」

「何に裏切り？」

「だって、今まで政治には絶対かかわらないって主義、通してきたんでしよ？」

「誰がそんなこと言ってた？」

「ここにいた先輩たち、春の革命でやめてった人たちがみんな言ってましたよ。それにセンセの本にだって、よく書いてるじゃないっすか！　政治には近よらないって」

「モナは私の本なんか読んでないと思ってたけど」

「もう三年近くもここで働いてるんですよ。センセを一応研究しておかないと勤まりませんよ」

「へえ、それはご苦労さま。それで、どう判ったの」

「これ、モナの言葉じゃないけど、藤原新也《ふじわらしんや》センセがモナにメール下さったんです。『世にも気まぐれで超わがままなバアさんをよろしく』って」

「だれが気まぐれで超わがままなバアさんなの」

「センセに決ってるじゃないっすか。モナの苦労、判ってくれる人だってこの世には少くないんですよ」

「だから勤まってるのね」

「自分がこんなに辛抱強い人間だったとは知らなかった」

「それはご苦労さま！」

「そんな暢気《のんき》なこと言ってる場合じゃないですよ。本気で細川《ほそかわ》さんの選挙応援するんですか」

「する！　決めた！」

「日頃言ってきた主義主張を破るんですね、センセのファンは裏切られたと失望するでしょう」

「人間の心は変るのよ。悪くも変るけれど、良くも変ることだってある。去年の春、寂庵は大革命したじゃない。今度は私自身の大革命よ。私はあと、いくら生きてもせいぜい三年くらいでしょ。今夜ぼさっと死んでも不思議じゃない。私の理想としては、せめて九十三くらいには死にたいの、だからまあ、死んだ後のことなんかどうでもいいようだけれど、このままでは死んでも死にきれないと思ってきた。モナもアカリも自分の結婚のことばかり考えてるけど、三年先には、今よりもっと結婚相手なんかいなくなるのよ。今の政府の政治がつづけば、戦争が始まり、若い男はみんな戦場に出征よ」

「今は徴兵制度なんかないですよう！」

「バカね、戦争したがってる政府は憲法九条変えて、日本をまた戦争出来る国にして、徴兵制度なんて、その日に復活よ。自衛隊はそのまま軍隊になる。今度戦争する時は、あなたたち、女だって徴兵されることになる。ほんとに怖い政治になってくるのよ、モナなんか五人子供を産みたいなんて言ってるけど、その子たちはみんな戦場につれていかれる」

「わっ、そんなのヒドイ！」

「ひどいったって、今の首相の政治がつづけばそうなるんです」

私はもうあとわずかなこの世だから、大急ぎで身のまわりの後始末をして、きれいさっぱりあの世に行きたいと思っていた。九十年余りのこの世の生活は、私なりにいつでも全身全霊で、捨身で生きてきたから、思い残すことはないのよ。他人は私に、あの頃はずいぶん苦労しましたねなんて言ってくれるけれど、私はあの頃っていつのことかと思って、きょとんとしてる。無我夢中でいつでも精一杯一生懸命に体を張って生きてきたから、人のいうあの頃の苦労なんて思い当らないの。いつでも生きた、書いた、恋したの生涯で、支えてくれたのは自分の情熱ひとつだったから、ほんとにかっこいい一生だったと思ってる。わくわくどきどきし通して有難い一生だった。でも死ぬ間際になって、三月十一日の東北の大地震に引きつづいて、福島の原発事故でしょう。私は圧迫骨折で五ヵ月も寝たっきりだったけれど、原発事故と聞いたとたん、思わずベッドからすべり落ち、自分の足で立っていた。六月になって、どうにか車椅子で動けるようになり、被災地へ出かけたのよ。かつて訪れたことのある町が大津波でのっぺらぼうになっていて、海岸にはこわれた船や自動車がひしめきあい折り重ってえんえんとつづいている。どこへ行っても瓦礫《がれき》の山で道がなくなっている。誰も歩いていない。ここに暮していた人たちはどこへ行ったのか。

敗戦を北京で迎えた私は内地を襲った空襲を知らなかった。敗戦の翌年、着のみ着のままで引揚げて親子三人郷里にたどりついた時、初めて山と川以外、すべてがなくなった徳島の町に立ち尽くした時の虚しさを思い出していた。出家して以来、私は日本のどこかの町や村が自然災害に見舞われる度、何をおいても身ひとつで、有金をかき集めて被災地へ飛んで行った。出家者としてのそれが私の唯一の布施行だった。この娘たちは、私が長いベッド生活から立ち上り、東北の被災地を訪れた頃に寂庵と縁が出来たのだった。私が杖にすがってよろよろ歩いていた姿を見ている。人一倍身ごなしのすばしこかった私の健康体は見ていない。

彼女たちから見れば、気ばかり若ぶっているヘンな老婆くらいに思っているのだろう。

その老婆がこともあろうに、東京都知事の選挙の応援に行くと思い立っている。とんでもないことだ。何を血迷ったのか、もしかしてついに認知症の始り？　細川護熙《もりひろ》なんて人、今まで寂庵では話題にも上らなかった人、元、総理大臣だったそうだけど、あたしなんかそんな総理知らないもの、とモナが言う。つい二ヵ月前だったかしら、突然細川という人から電話がありお礼に伺いたいから何時がいいかと訊いてきた。きょとんとしているとモナが思いだした。

「あ、ほら、『いのちの森のプロジェクト』ですよ、たしか細川さんの名前だった」

私もとっさに納得した。細川さんが震災後東日本の海岸に瓦礫を積みあげて、土手を作り、その上にどんぐりの木を植えるという活動を「いのちの森のプロジェクト」と名づけてつづけているというのであった。そこから細川さんの名で講演を頼まれ、ボランティアで出かけたことがあった。やはり、その事で、二、三日後、細川さんが寂庵に立ち寄られた。お供もつれず自分一人タクシーで来られた。総理大臣の頃、よくテレビで見た時より、たしかに二十年の歳月の老けが刻まれているが、品のいい端整な顔立の魅力は昔のままだった。政治をやめて以来、陶芸家になり、絵も、字も、一流の芸術家として、晴耕雨読《せいこううどく》の優雅な生活を送って来られた。京都の古美術商の「柳《やなぎ》」の主人が、細川さんの作品を扱っていて、もともと私とは仲よしの彼から、細川さんの作品を見せてもらったり、展覧会の案内パンフレットを送られたりしていた。美術に目の確かな柳の主人が口を極めてほめるほど細川さんの作品はいいものだった。

「政治家をやめられてよかったわね、芸術の天才だったのね」

私は柳の主人に逢う度心からそう言っていた。一度だけ祇園の腰かけ料理屋「おいと」で実物の細川さんに逢った。隣りに坐られたが、お互いつれがあったので、黙礼だけで話もしなかった。それ以来の出逢いだから、初対面も同様だった。それでいて、もう長年の知己《ちき》のような和やかな雰囲気が流れていた。丁重に講演の礼を言われて、私はひたすら恐縮してしまった。

「細川さんは、こういうふうに、おひとりで御本人が挨拶に廻られるんですか」

私の失礼な問いに和やかな表情のまま、

「はい、だって、お願いしたのは私ですから、自分で伺うのが当然でしょう」

当然のことをめったに実行しないのが普通の人の習いだった。その時、部厚い展覧会の作品パンフレットをいただいた。茶碗も、絵も字も、人柄そのままの高雅であたたかな匂いを発していた。「いのちの森のプロジェクト」の話から脱原発への熱い情熱が伝ってきた。

「何か私で、脱原発のお役に立つことがあれば、お声をかけて下さい」

立ち去られる細川さんを送り出しながら、その背に、自然に私は声をかけていた。

注文されている奈良の寺の襖絵の話などしていた細川さんが、東京都知事選に出るとニュースで聞いてびっくりしていたら、細川夫人と名乗った美しい声と言葉の電話があった。

選挙に立つ細川さんに名前を貸してほしいという。私は帰りぎわの細川さんの背にかけた自分の声を思い出し、「はい、どうぞ」と反射的に答えていた。

その声を聞いていたモナがあわてふためいたのである。

「ほんとにもう、センセも殿の乱心がうつっちゃったんですか？　今になって火中の梨《なし》を拾うなんて」

「梨じゃない、栗《くり》よ」

「栗だって芋《いも》だっていいですよう。九十一の乱心なんて」

「こんなことは正気じゃできないのよ。細川さんをけしかけた小泉《こいずみ》さんだって御乱心ね」

私はまだ釈然としないモナに上京するからスケジュールを整理するように言いつけて、上京までに原稿の書きだめをする準備に入った。まさか死に支度をしている最中に、こんなことに頭を突っ込むなんて……いやいや、これも死に支度の一つかも。冥土《めいど》の土産がまた一つ増える。

先生へ（モナの手紙）
私は今、この何日間を振返っています。先生と一緒に私の人生初めての選挙活動の応援。選挙は20歳になってから有権者になったにもかかわらず、全然関心もありませんでした。駅前で毎朝立って通勤の人たちに挨拶している立候補者。選挙前だけ、そんなことしてぺこぺこしてバカみたいと思ってました。街頭演説に足を止めて聞いたことなんてなかった。選挙カーもバッカみたいと思ってた。選挙ポスターの人たちも皆うさん臭い顔ばかり。誰もみな同じ。年金、子育て支援、そんなことばかりで、物欲しそうで、現在の私にリンクする政策なんて何もない。私のような若者の投票率は極めて低い。理由はたくさんある。立候補者もそれを分かってるから、年寄、主婦、母親の票を得るための政策しか言わない。そんなループがぐるぐる回っている。私たちはバカみたいで、頼りないように思われているけれど、私たちも未来がすごく不安だし、将来どうなるやら見当もつかない。大学卒業当り前、そして大卒でも就職は確定されない。フリーターも増える一方。ここ何年かで首相は何度も代わり政府も当てにならない。

そんな中で小泉さんは私たちの一番印象に残る首相だった、と言い切れます。幼なかったので小泉さんが何をして何をなし得たのか分からなくてもしっかり存在が記憶に残っています。

今回先生が細川さんを応援すると決めた時、これは大変なことになったと、私も感じました。長い間政治にはそっぽを向いてきた先生、その主張を今になって破り、政治家を支援するなんて、今後のことを考えるだけでも、どうなるのかと怖しくなります。今になって政治家を支援するなんて……今後、世間からどう叩かれるか想像しただけで鳥肌が立ちます。

でも、先生は急にイキイキし始め、戦闘モードへ。私はそんな先生を見て、「これこそ先生だ！」と感じました。まさか東京へ行くなんて言い出すと思わなかったから、全ての予定をキャンセルするのにＴＥＬをしまくり、謝りまくり。でもそんな中、私まで実はワクワクしていたのはどういうわけでしょうか？

先生が何かしようとする時に先生に生まれるパワーはまず私に伝わり、私もこの先何が起きるのか、未知なるものにワクワク、ドキドキし始める。いつも変らないのは「先生と一緒なら何も恐くない」ということ。

先生の思想は絶対尊重するし、全力でサポートすると決めています。たとえそれが私の思いと異っていたとしても。それが私の仕事だから。

一月の末から二月のはじめ格別寒い今年の真冬、コートも着ず、先生はたくさんの演説をこなしましたね。

私はいつもすぐ近くでずっと見ていたけど、あらためて先生はすごいなと思いました。91歳でこんなことするなら20年ぐらい前に先生が政治家になればよかったのにとつぶやいたら、聞きつけた先生がニヤッとして、

「選挙に出ろって、どの党からもみんな来たのよ。私は一切受けつけなかった。今東光先生がね、選挙に立たれた時、川端康成さんが御自分で電話をかけてきて、『応援してあげて下さい』って丁寧におっしゃったの。その時の川端さんは文壇一のお偉い方で、声をかけられるだけでもびびるような人だった。その時私は、今先生を小説家としては尊敬してますけど、政治家にむいてるかどうかわかりませんので、お許し下さいって断ったの。さすがに言ってしまってどうなることかと、胸がドキドキした。でも川端さんはああ、そうですか、わかりましたって、あっさりおっしゃって、その後、全く態度も変らなかった。もちろん今先生も変らなかった。改めて凄い方たちだと感じいったわ。で

も自分が断ったことはよかったと、後悔はしていない。今先生が亡くなる前、しみじみ私におっしゃったのよ。一生をふりかえって、何も後悔することはないが、ただひとつ、政治に手を出したことだけは失敗だったねって、笑いながらおっしゃった。私には死ぬまで小説を書け、ペンを放すなって遺言されたのよ」

それを聞いて、やっぱり小説を書いてる先生が一番先生らしいんだってホッとしました。

小泉さんは私たち世代にとってはカリスマ首相。今回、ナマの小泉さんを間近で見た時は凄《すご》い感激しました。小泉さんはキーパーソンですね。

オリンピックも始めは日本に決ってとてもイイなと私も思ってました。でもたしかに仮設住宅にいる人がまだ不自由しているのに、選手村はきっと、仮設住宅よりすばらしい建物になるのだろうと思うと気分が沈みました。オリンピックで盛り上がることで、被災地の不幸は臭いものに蓋というモードになるのがいやですね。オリンピックは先生の言うように福島でするといいと私も思います。

あやまちは二度と繰り返さないように憲法九条を作ったのに、改正しようとし、原発で皆不幸になったのに脱原発をしない。それが許せなくて細川さんは優雅な生活を捨てて立ち上がった。そして先生も全力で応援することに決めた。私にはすべてが初めての経験です。「先生を見習わなきゃいけない」と、今日写経に来た合田《あいだ》さんたちもと塾生が話していました。

先生と一緒にいると、私はよく「大変ね、よくやるね」といたわって貰うこともあるのです（何しろ勝手気ままなバアさんだから（笑））。

私はたとえ休みがなくても、急なスケジュールの変更で（けっこう多い）友だちとのデートがキャンセルになっても、ぜったい先生にはグチりません。先生の方が絶対疲れがひどいんだから。私は先生を守る!!　と全力でサポートすることに決めてます。

私は先生の生き様を、こんなに近くで見られる、きっと最後の人間になることでしょう。

私の人生、先生に逢ってから劇的に変わった!!

これからどうなるか楽しみ。

先生もなかなか死にそうにないし、もう少し、一緒に毎日笑いましょうね。

投票日まで、最後までがんばりましょう。

細川さん、勝ちますように!!　(^o^)/　モナ

モナに呆れられるまでもなく、どうしてこんな無謀なことに踏みこんでしまったかと自分で呆れている。人に話したり相談したりすれば、頭から反対されるのはわかっているので一切外へは洩らさない。気を許した編集者にも話す気にならない。正直なところ、私は細川さんには何ほどの義理のある仲でも親しい仲でもない。

それなのに一挙に燃え上ってしまって決して触れまいと心に誓っていた政治にというより選挙に足を突っこんでしまったのには、人には言えないいじくじたる想いがある。

選挙というものに関係したのは、敗戦を北京で迎えた翌年、一九四六年（昭和二十一）親子三人着のみ着のままで引揚げて故郷の徳島へたどりついた年であった。夫の生家は焼けて跡かたもなくなっていた。姑は夫の兄が自分の暮し

ていた松山《まつやま》へ伴っていた。私たちは私の里にしばらく居候したが、夫は東京へ職を探しにゆき、私は子供と二人、焼け残った他人の家の二階に下宿して夫の迎えを待つことになった。その時、夫が北京へ渡る前の一年間、勤めた中学校の教え子が数人、私たち親子を守るという名目で遊びに来るようになり、新刊書を読み廻したり、小説めいたものや随筆を書きあって楽しんでいた。そんな所へ東京の夫からいきなり、徳島から立候補する人の選挙を手伝えといってきた。徳島では旧くから政治家としられていた紅露《こうろ》家の夫人みつさんの選挙であった。夫は帰らず、私はみつ夫人に逢い生れてはじめて選挙というもののまっ只中へ投げこまれてしまった。夫がどんなほらを吹いたのか、みつ夫人は私に自分の選挙の演説の原稿まで書けという。夫が私に文才があると宣伝したというのである。私は成行でその文案を作った。みつ夫人はその原稿を実に感情をこめて読み、所々で本当に涙を流したりして演説して廻った。

夫の教え子はとんでもないことに巻きこまれた私に同情して選挙の間じゅう、私の廻りにつき従い私を守ってくれた。若くて元気でそれぞれ気の利いた彼等はたちまち選挙の一団の中では中心の働き手になった。気がついた時は、私たちはトラックに乗って徳島の県内を隅から隅まで走り廻っていた。彼等と私まで至る所で車を降り演説して廻っていた。その異常な興奮の道中が、不思議な血を沸かせ、私は予想もしなかった恋に落ちていた。私の結婚生活の破れる原因になったはじめての恋愛沙汰であった。

紅露みつは選挙に強く、戦後五回選挙で当選している。私が手伝ったのは最初の一九四六年の選挙であった。戦後、夫の紅露昭《あきら》が公職追放になったので、夫の身代りに候補として選挙にはじめて立った時であった。

そんな因縁のある選挙に私は二度と近づこうとはしなかった。

今更なぜ、どうせ晩節を汚すだけだと、蔭口をきかれることに決っていることんな雑事の中に首を、いや足を突っこんでしまったのか。

自業自得ということばでこんな時、片づけてしまう私は、今度も誰に何とののしられても自業自得と言い捨てることにした。

不思議なことにその頃妙に全身がだるく、過労で声も出なくなり、机に向っても一向に意欲が湧かなくなっていたのに、選挙のため上京の用意に書きだめの仕事を始めたら、不思議な力が体の中心から湧き上ってきて、私はたちまちいきいきしてきた。

原稿もはかどるようになり、本も片っぱしから読めるようになっていた。

週刊誌や新聞には二人の元首相のスキャンダルやつまらない噂話などがかき集められてのるようになり、最も強硬な競争相手の舛添要一《ますぞえよういち》氏の色っぽいスキャンダルも揃ってのるようになっていた。そんなことを書く週刊誌の記事はたぶんトップ屋の原稿なのだろうけれど、気分が悪くなるほどすべて下品である。あることないこと大げさにつとめて下品に書かれるのを一々気にして怖れていては、日本の政治家などにはなれないだろう。何度結婚していようが、愛人が何人いようが、外子もふくめて子供がどれだけいようが政治家として決定的なマイナスにはならないけれど、「女は生理の時は神経がヘンになるから、政治家として使いものにならない」など、女性蔑視の言を吐いたというのは許せない。そんな記事だけで、舛添さんは嫌だという女たちも多い。それでもあの自信あり気な顔つきや大きな体がセクシーだというヨンさま好みのおばちゃま族も少くないから怖しい。

私は京都に籍があるから、東京の知事選に一票の資格もない。それなのに日と共に止《や》むに止まれぬ義憤が胸に湧き上ってきて、同じ気分らしい細川さんの止むに止まれぬ情熱に心を寄せてしまったのは致し方もない。

安倍政権の最近の政策が危くて怖しくて仕方がない。憲法九条を変えようとしている。安全保障問題、近隣諸国とのつきあい方、TPP、何より怖い特定秘密保護法……国民の反対意見など一切無視する強引さ、何より原発を再稼働させようとの企《たく》らみ。しかも怖しい原発を他国に売りつけようとする厚かましさ。オリンピックを東京に呼ぶために福島の原発の事故はコントロールできているなど、とんでもない嘘をついてしまう無責任さ。どうやら戦前の日本に還そうという腹づもりがあるのではと、疑わしくなるその言動。戦争を知っている人間はもう一握りになってしまい、現役の政治家には、もう居なくなってしまった。辛うじて生き残っている野中広務《のなかひろむ》さんと顔をあわせる度生き残りどうしがため息をつき、世の行末を慨嘆《がいたん》する。

私が止むに止まれぬ情熱に突き動かされて、同じ不安を国の前途に描いて立ち上らずにいられなくなったのは、今度の東京都の知事選によって、国の政治の方向を訂正することが出来るチャンスを得るのではないかと思ったからなのだ。原発の怖しさをもっと心の底から国民に感じとってもらうために、今度の細川さん、小泉さん協同の脱原発主唱者たちに、勝ってもらいたいと心から祈る気持になった。細川さん七十六、小泉さん七十二で、そんな老人がという批評のある中で、九十一歳の現役作家で坊主の私が、この人を見よと叫べば少しは役に立つのではあるまいかと、私は浴びるであろう嘲笑や非難を覚悟で東京へ乗りこんでいった。

何年ぶりかで逢うナマの小泉さんはさすがに細川さんと揃って、明らかに老けて見えたが、一日ごとに聴衆のエネルギーを吸いとって見る見る二人揃って若がえっていく。

「若くなりましたよ」

と言うと、

「そうでしょ、自分でもそんな気がする」

と愉しそうに笑う。二人の話題は専《もっぱ》ら脱原発の話だが、それが面白い。大学の講義を聴いているようで面白いのだ。

はじめてお逢いした細川夫人佳代子《かよこ》さんの美しさと演説の上手さにびっくり

する。

「私は人前で喋ったりすることが嫌いで下手なんです。家内は私よりずっとうまいので、そっちを聞いて下さい」

など、細川さんがボソボソ言うと聴衆から笑いが湧く。帝国ホテルに泊っている私は毎日迎えの車で、どこかへ運ばれては話をした。

私の講演や法話には、千人や五千人は集るのだけれど、今度の話は何の前ぶれもなしにいきなり駅前なんかで始るから、通りすがりの人しか集ってくれない。私としては大いに不満だったが、懸命に働いている事務所の人にそんな文句は言えたものではない。同じ脱原発を称えている宇都宮健児《うつのみやけんじ》さんと票を取り合う形になったのが残念で、何とか合体してもらおうと、色々つとめてくれたグループもいたようだし、私自身もひそかに動いてみたが、時すでに遅く、結局、二人合せてほとんど舛添さんと互角だったけれど、投票日の大雪もたたって、舛添さんの圧勝となり、細川さんは宇都宮さんの下になってしまった。

どうしてか、その敗北があまりこたえない。何故かはじめからこの結果をどこかで覚悟していたような気もする。細川さんから電話があった。

「どうも、こんな結果で、せっかく何度も寒い中で話して下さったのにすみませんでした」

「お疲れさまでした。早くアトリエで襖絵描いて下さい」

「ええ、もう描いてます。でも脱原発はまだ今後もつづけますからね、よろしく」

私は笑い声を抑えることができなかった。

無駄ではなかったですよね、私の声にしない声が聞えたように、細川さんの妙にからりと明るい笑い声が聞えてきた。

木の花

「木の花は、濃きも淡きも紅梅」

とは、清少納言が「枕草子」に歌うように言っていることばである。清少納言は桜より梅の花が好きだったらしい。もっとも桜を日本の国花だとはやしだしたのはずいぶんと後のことで、万葉の頃には、花といえば梅だった。それも白梅だったらしく紅梅は平安時代になってシナから新たに輸入され、「コウバイ」と漢音で呼ばれていたらしい。清少納言は新輸入の紅梅が気にいって、紅色が濃くても薄くても、木の花は紅梅が一番すてきといいたかったのだろう。

寂庵には梅の木が多い。白梅も紅梅も黒梅と呼ばれているのも何本も大きく育っている。どの木も庭に植えられた時は私の背丈より小さく、中には小さな私が手で下げられるほどだったのに、四十年も過ぎた今では、みんな見上げるような木に育っている。

昨年までは、花や鳥の好きな竹田直美が、いつでも仕事で旅先にいる私のところに電話をかけてきて、

「お早うございます。今朝、白梅が一輪開きましたよ」

と告げてくれた。三輪になりました。今朝は十一も開きましたなどと告げてくる直美の声は、晴れ晴れしていて、その声音から春が呼び寄せられるようであった。

今年は去年とはちがう。私は春の革命以後も、一向に仕事が減らず、人手が少くなったぶん、来客の応待が前のように充分には出来ない。用件があれば、市内のホテルで逢うか、こちらから上京して彼等とまとめて逢ってくれという、モナの尤《もっと》もらしいが強引な申し入れに負けて、そうきりかえたため、外泊は一応少くなり、寂庵に居ることが当り前になっていた。

おかげで、これまで寂庵の花々や紅葉も旬や盛りを逃していたのが、この一年は、全く何年ぶりかでしみじみ寂庵の自然の移ろいを目にすることになっていた。

ところが今年は気候が例年になく乱脈で、風雨が呆れるばかり暴れまわり、永年つづいていた暖冬が、突然狂ったような厳しい寒気におおわれてしまった。四十年ほど前から棲みついた京都のこの嵯峨は、王朝の物語に出てくる嵯峨野の余薫のようなものをどことなく残していたが、今では恐しいほどの勢いで、そうした情緒は日々打ち砕かれている。野の気配などはあれよあれよという間に宅地に開発され造成され、庭もない家がぎっしりせめぎ合うようにして建っていく。

京都の市内とは三、四度の差があり、冬は寒く、夏は気分的に涼しかったのに、今では、市中と同じ温度になっている。かつては、いち早く市中より先に雪を迎えて、冬の間は毎朝のように積雪を見たのに、いつの間にか日本中が暖冬になってゆくにつれ真冬でも雪の積る朝などほとんどなくなっていた。

ところが今年は、全国的に寒い冬を迎えたとかで、寂庵も積雪の朝が珍しくないほど雪の日が多かった。いきおい花の木の芽も例年より遅くなっていた。

私は朝毎に、庭に面した縁側から庭の木々の変化を愉しむようになっていた。木に花蕾《からい》がつき、それが毎朝少しずつ育っていくのがこちらの息をとめて見つめたくなるほど新鮮で感動的だった。

一ひらの葉もつけていない裸木がいつにない寒気の中で凍ったように枝をのばしているのも、不思議な乾いた色気を滲ませているのに気づき、花のない木そのものも結構見物に価すると感心した朝からほどなく、それは一月の終りだったが、縁側の陽だまりから真正面のまんさくの細い枝にぽつりぽつりと黄色いビーズ玉のような花の芽がくっついているのに気がついた。まさかこんなに早くと、目を凝らして見たが、それは花の芽だった。昨日までは、細い裸の枝が勝手気儘に四方八方にのびていただけの冬木だったのに、一夜のうちにこれほどたくさんの芽をつけようとは。

それからは朝毎に顔を洗うなり縁側の戸を繰り、真正面のまんさくの枝に目を凝らさずにはいられなくなった。一朝毎に小さな花の芽は成長してゆく。枝いっぱいについているので、それぞれが大きくなるにつれ、その木のあたりだけ灯《ひ》が点《とも》ったような明るさになった。ビーズ玉ほどだった蕾がふっくらとするにつれ、その黄色は黄金色になり、やがてある朝、それらがいっせいに細い花びらをはらりと開くと、そこだけ春がかけよってきたように華やいだ。まんさくが春を呼ぶ花と愛でられていると教えてくれたのは、無口でやさしい女性の編集者だった。寂庵が建った時、勤めている出版社からのお祝いに山茶花《さざんか》と椿《つばき》の苗木を渡してくれた後で、はにかんだ微笑を浮べ、

「これは、私個人からのお祝いです。春を呼ぶ花といわれるまんさく。私の好きな木なんです」

と、贈られたものだった。控え目でいつでも無口な人の珍しい笑顔が嬉しくて、私はその成長を楽しみに見守っていた。花が開いてみると、そのつつましい清純さは、まるで贈り主そのままのような印象がした。

会社を辞めてから次第に疎遠になっていったが、あの小さなまんさくの木がこんなに大きくなって、どの木よりも早く春を呼んでいるいじらしさを見せてあげたいと思う。

梅が開いたのは、まんさくが咲き開いて二十日も過ぎてからだった。毎年白梅が一足先に開くのに、今年は梅にも異変がおきたのか、

「あっ、一輪開いた！」

と思わず私が叫んだのは、清少納言の好きな紅梅だった。私は春の革命以来

居なくなった竹田直美にケイタイで、

「咲いたよ梅が一輪、紅梅！」

と告げていた。

「あら、白はまだですか」

直美は白梅が好きだった。

「そう、今年は天候のせいか、花の咲き方も変ったのね」

「紅梅は、おやえさん梅ですか？」

「そう、去年より花がびっしりついてる気がする。白梅も重そうなほど蕾がいっぱいよ、もっと咲いたら花見にいらっしゃい」

「ありがとうございます。お体は大丈夫ですか、何だかこの頃連日のようにテレビでお見かけしますけど、相変らず、お仕事多いようで……」

大丈夫かという直美の問いには、せっかく自分たちが辞めたのに、仕事が減らないのでは革命の成果があらわれないではないかという、心配とも不満ともいえない口調が滲んでいた。

「テレビは、暮に撮ったのが今頃各社の都合でほとんど今撮ったように出ているのよ。東京で撮ったのは一つくらいで、あとはみんな寂庵とか京都のホテルだから、庵に居ついているのよ。縁側に坐って木の花をゆっくり見るなんて、ほんとに何十年ぶりかしら」

「それならよろしいけど、あんまりお閑じゃないみたいと、はるみさんとも心配していました」

「ありがとう、そうだ、お花見にみんなで一度集ってみましょうか」

「それは嬉しいですね」

ケイタイを切ったら、すぐ背後からモナが言った。

「お早うございまあす。誰とお花見するんですか？　その前にこんなに原稿溜ってるんですよ」

手に持ったメモ用紙をひらひら私の鼻の前につきつけてくる。

「選挙の応援なんかに行ったから、またまた予定が狂って、原稿が溜って、モナは電話の前で謝ってばっかりですよう。苦労の余り生理が一週間も早く来てしまいました。これはセンセの自爆キャラのせいですよ」

「遅れてるなら問題だけど、早まったなら、いいじゃない」

「ちっともよくありませんよう、さっきも宝塚《たからづか》から催促の電話です。こんなに朝早くから……よほど困ってるんですよ。みんなで歌詞を覚えなきゃならないし、作曲だって時間がかかるしって、相当切羽つまった声でしたよ。今週中に何が何でもって」

「今日は何曜？」

「木曜日です」

「ええ？　じゃ今週ったって、土曜はあの人たち仕事しないから明日だけじゃないの」

「そうですよ！」

「わあっ、こんなことしてらんない」

「何度もそう言ってるでしょう！　電話だって火のつくような催促ですよ。去年の暮には期日までに渡すって御自分でおっしゃったんですからね。それに火曜と水曜つづけて講演。これだって、あたしが断っておいたのに、これはボランティアだから行ってあげなくちゃとか、こちらは行ってあげないと、この人会社に顔たたなくなるよ、行ってやりましょって、予定を次々ひっくりかえしたのは誰ですかぁ」

「わかったよう、どうせあたしゃ自爆キャラなんでしょ、自爆してやる。モナもアカリも次の職場探さなきゃ」

「そんなの恐迫ですよ。その上、お花見の会なんかの約束して」

「その日休んだっていいよ。集るのはもとのスタッフたちなんだから」

「ええっ、同窓会ですか、嬉しっ！　みんなにモナのこの成長ぶり見て貰いましょう。お料理はどうするんですか。モナがお菓子は作りますけど」

「やめて！　お菓子なら押入れに一杯ある。あの怪しげなモナのお菓子はいりません」

「それって、ひどい侮辱ですよ」

「料理はどこかへ頼みます。お菓子も飲み物もあるもので充分、アカリとモナは当日までに掃除をすること」

「書斎はどうするんですか、いくら前からあの書斎のひどさを知ってる先輩たちだって今のあのもの凄さを見たら、青くなりますよ。そしてそれもモナの責任だとなじるでしょう」

「大丈夫！　あの人たちは私がちらかしているほど仕事をしていると百も承知だから、あ、こんなこと言ってられない。早く書かなきゃ」

「一番先は宝塚！」

宝塚の少女歌劇へ私が観劇に行っていたのはおよそ八十年前の頃であった。一九三五年（昭和十）徳島の県立高等女学校に入学したのは十三歳の春だったが、その学校は良妻賢母育成の旧めかしい教育を守っていた。その頃は男女の交際などもっての外のことだった。中学生と海へ泳ぎに行き、女生徒の家の別荘で休んだというだけで、停学処分になるような例があるくらいだった。映画館や芝居小屋の出入りも厳禁だった。それでも変装して行く者があれば、たちまち張り込んでいる教護連盟の先生方につかまり、ひどい叱責にあう。度重なれば停学か退学になることもあった。年に二回ほど学校で選んだ映画を体育館で観せられるだけであった。

ところが、宝塚の歌劇だけは観劇が許されていた。宝塚は若い女性ばかりで成りたっていて、男役も女性が男装していたので、舞台でどんな恋物語が演じられようが係りはないという。全国の女学生は、徳島と同様の規則だったので、女学生はもちろん、卒業生たちまで、宝塚の歌劇に憧れていた。徳島から、宝塚へ出かけるには、連絡船に乗って紀淡《きたん》海峡を渡り、大阪に着き、そこから電車やバスで行かねばならなかった。観劇してすぐ帰っても、矢張り夜行の連絡船に乗らなければならない。二泊旅行が可能な、その上安心のゆく同行者が必要とされるので、おいそれと宝塚まで観劇旅行に出かけられる者はいなかった。幸い私には五歳年上の姉がいたし、彼女は私と入れ違いで女学校を卒業していたので、二人で出かけることが可能だった。

そんな私の宝塚行をクラスメートのすべてが羨望し、私の帰徳するのを待ちかまえて、報告話を聞くのを期待していた。放課後、机や椅子を壁際に片づけてしまった教室へ、他のクラスの生徒まで割りこんできて一杯になる。私は黒板に観てきたばかりの宝塚の舞台の図を描き、スターたちのブロマイドを見せ、ラインダンスやタップダンスの真似をしてみせる。舞台の華麗さ、殊に終幕の豪華さを口を極めて描写するのだった。覚えている限りの人気スターたちのしぐさやせりふも真似してみせた。

その頃全国の少女たちに人気のあったのは葦原邦子《あしはらくにこ》や小夜福子《さよふくこ》だった。もっと上級のスターには天津乙女《あまつおとめ》や、春日野八千代《かすがのやちよ》がいた。春日野八千代の美しさはこの世ならぬもののように思われてスターというより守り神のような感じで仰ぎ観られていた。今でも名と顔が一緒に思い出されるのは奈良美也子《ならみやこ》、佐保《さほ》美代子《みよこ》、神代錦《かみよにしき》などである。なぜか「マグノリア」という劇の題と舞台が今でもくっきり記憶に残っている。

小説家になってからも東京で何度か宝塚歌劇を覗いたのは、私の小説のファンに不思議と宝塚の熱狂的ファンが多く、彼女たちに誘われることが多かったからだ。

八十代になって、横尾忠則《よこおただのり》さんがポスターを描いた縁で、家族じゅうで宝塚ファンになったとかで、横尾家と家族付合をしている私も誘われて、一緒に出かけたことがあった。同じような舞台化粧の濃い人気スターたちに、楽屋で近々と逢ったが、昔のような胸のときめきは返ってこなかった。

そんな私に突然「宝塚一〇〇周年の記念祝典合唱曲」の歌詞を書けという依頼がきた。もと宝塚の娘役スターで、「ベルサイユのばら」でマリー・アントワネットになってファンを沸かせた上原《うえはら》まりさんが、今は琵琶《びわ》を弾きながら私の「源氏物語」を語ってくれている縁で、彼女から出た話のようだった。

「ねえ、先生、書いて下さるでしょ」

甘い声と表情でまりさんに迫られると、つい若返ってしまって、宝塚のお偉いさんが正式に訪れた時は、その場で軽く引き受けてしまったのだった。宝塚側では心配して過去の記念祭の歌詞を揃えて参考に送ってくれた。何といっても九〇年祭の田辺聖子《たなべせいこ》さんの歌詞がよく出来ていて、私はそれ等を見るなり、軽率に引き受けたことを早くも後悔した。

うろうろしている間に日がどんどん過ぎてゆき、三ヵ月も先だと安心していた期日がもう目の前に迫ってきた。

「センセ、大丈夫ですか？　断るなら早くしないと向うで困りますよ」

モナまでがまるで宝塚に雇われている者のように、私を責めたてている。

百年の宝塚歌劇団の歴史からそれを誕生させた小林一三《こばやしいちぞう》の技量と熱意と抱負まで詠《よ》みこまなければならないのだった。二度三度と書き直し、やっと原稿を送った時、久しぶりで全身を巻き結んでいた固い綱《はがね》が鋏《はさみ》の音をたてて破られたような気がした。

「ああ、せいせいした。もう二度とこんなこと引き受けない」

両腕を大きくのばして背を反らす私にモナが言う。

「さあ、どうですかねえ。そんなこと言ってて、すぐまたどっかの幼稚園の園歌なんかの話がきたら引き受けちゃうに決ってる」

「どうしてよ」

「この幼稚園設立者は昔比叡山で一緒に行をした仲間だったからとか何とかって……」

「へえ、モナ、もしかしたら小説が書けるんじゃない？　推理が妙にしっかりしてきた」

「いやですよう、あたしはお嫁に行くんですからね。子供を五人も産んでたら、小説なんて書けませんよ」

「与謝野晶子《よさのあきこ》は、一ダースも産んだのよ」

「一ダースって？」

「十二人よ」

「うそでしょ!?」

「ほんとだってば」

締切り前に仕事が溜ると、私はとたんに読書欲が旺盛になってきて、原稿用紙を広げ、右手にしっかり万年筆を握ったまま、これから書かねばならない作品とおよそ無関係な本ばかり読みふけってしまう。仕事がいやでそういうさぼり方をするのではなく、どうせ死ねないなら死ぬ日までペンを握って、机につっ伏して死にたいと切望している。しかし、最近、心はよそに、体力の衰えを、否応なく感じてしまう。今ではもう徹夜は一晩しか出来ないし、その翌日は体と頭が使いものにならない。

八十八歳の圧迫骨折以来、脚腰が弱り、長距離は歩けない。モナは私がまだ歩行器にしがみついて歩いていた時、勤めはじめたので、私が若い男の編集者よりも速く、とっとと歩いていた姿など見たことがない。新幹線の駅でも空港でも、付いているモナの第一の仕事は車椅子の用意を駅員や空港の職員に頼むことになっている。

家の中でこそ杖を使わずゆっくり歩いて用を足しているが、いつでも全身がだるく、日によっては全身が重く鈍重な痛みに襲われている。

右手の中指は節から曲ってしまって、指を揃えると中指だけ、山形になって飛上っている。爪の元にはペンだこが石のように硬く指の両側に出来ている。何万枚、原稿用紙を埋めつくしてきたか自分では数えてみたこともないが、四百冊の本が残っているのだから、いつか誰かがそれも数えてくれるかもしれない。まだ書きたい気持はあるものの、ようやく私の中の美意識が、これ以上書くのはみっともないと囁きだした。

高名な作家でも男女とも七十過ぎて認知症になり、自分の名前ばかりを原稿用紙に書きつづけていたとかいう伝説も伝っている。

意識のまだしっかりしている今の内に、愈々ペンを折るべき時が来たというのだろうか。

手をつけたまま一向に進んでいない仕事部屋や書庫や、押入れの死に支度を再開しなければと思いたつと、今夜にも死にそうな気がしてきて、机から体を引きはがし、手当り次第に物の片づけを始めている。断捨離という流行語がどうしても身になじまない。戦争中のもったいない精神で育っている私には、着ふるした下着一枚も捨て切れないで、もたもたしてしまうのだ。

三年身につけないものから捨てましょうなど言われても、クリーニング屋の袋におさまったカシミヤのセーターやショールをどうして捨てられよう。結局気がつけば行李のものが次々引き出され部屋いっぱいになり、前よりひどい乱雑さの中で、茫然《ぼうぜん》と坐っている自分を見出すばかりである。

その翌日は、体じゅうの骨も肉も痛くなり、仕事も出来なくなっている。

仕方なく、縁側から庭の木々を終日見て暮す。

まんさくは咲ききって、その黄金色は益々輝きを放っている。縁側に最も近い紅梅が六分通り開いている。白梅もようやく枝いっぱいの花の蕾がふくらみきり、二輪ほど開いている。その間にある黒梅も、まさに開こうとしている。

「どうしてあの濃い赤の梅を黒梅って呼ぶんですか」

モナに訊かれても私は答えられない。蕾の間は黒いほど赤いのでそう呼ばれたのではないだろうか。開けばその赤は深いえんじ色で目にあたたかい。縁側に近い紅梅が、清少納言のいう淡き紅で、黒梅が濃きと呼ばれているものであろうか。すると、シナから紅梅が日本へ移ってきた時は、これらの濃きも淡きも一緒に来たのかもしれない。薄い紅梅をさげてきてくれたおやえさんの姿と、最後に寂庵に訪れた日のおやえさんの姿が、この花が咲く度くっきりとよみがえってくる。春の革命で去っていった寂庵のスタッフたちは、みんなこの梅を「おやえさん梅」と呼んでいた。折にふれ、私がおやえさんの生前の姿をなつかしんで話して聞かせてあったからだ。

室町《むろまち》の有名な呉服店の一人娘として生れたおやえさんは京女の中でも一、二と名をあげられる華やかな人だった。

室町の老舗の広大な西田《にしだ》呉服店は、堂々としたビルに建て替り、西田商店から西田株式会社になっていた。

生れた時から西田家の九条山《くじようやま》の別荘で育てられたおやえさんは、平安朝の物語物めいた広大な別荘で、裕福に乳母日傘で育てられた。早々と資産家の次男と結婚し、三人の美しい女の子の母となったが、夫の早逝で未亡人になり、子づれで西田家に戻ってきた。それ以来のおやえさんの情事の逐一は、京都でも有名になり、女で千人斬りなど怪しい異名をとっていたが、世評などものともしないで、おやえさんは自由に好き勝手に生きていた。

　出版社からおやえさんをモデルに週刊誌の連載小説を書かないかと、その社に紹介されて以来、私はおやえさんと親しくなったが、三回逢ううち、とかくの評判を負う京女らしからぬ京女の、純粋な魂と稀に見る深い教養と、何よりもその可愛らしい魅力にすっかり惚れこんでしまった。出版社では、彼女の女千人斬りの履歴を書けという意図だったので、私はその注文を断った。その噂を聞きこんだおやえさんは私をすっかり親友あつかいにして、それまで以上に心の鍵を開きっ放しにして、自分の情事のすべてを語りだした。おやえさんのあげる相手の男は政界、財界、宗教界を問わず、文学界や、芸術界の錚々《そうそう》たる人物の名が並べられた。小説家やジャーナリストの名の中には、私の懇意な人物もいたりして、私は只々彼女の話に目を丸くしていた。恋愛や情事をおやえさんは好きな料理を食べるように、誰はばからず舌つづみを打って咀嚼《そしゃく》していた。

「せっかく京都に住んで、京都の名所や祭りを見むきもしないなんて小説家の名が泣きますわよ」

　そう言うだけでなく、春夏秋冬、いつでも誘いがあって、机の前から私を引っ張り出し、祭りや、名所に案内してくれた。どこへ行ってもおやえさんの顔を立てて、最高のもてなしをしてくれるのが常だった。

彼女自身、詩集と随筆集を出版していて、油絵も独特の個性的な抽象画をものしていた。三人の花のような娘たちが、三人揃ってこの母を大切にし、世評からかばうようにしているのが見事だった。

「今日、天神市《てんじんいち》に行ってこの梅見つけてきましたのよ。寂庵のお庭の片隅に植えて下さいな」

そう言いながら、軽々と持参してくれたのがこの紅梅だった。その梅は咲いてみたら、全くおやえさんの娘の頃を連想させるような可愛いピンクの、どこか妖艶な匂いのするものだった。

私は最も陽当りのいい場にそれを植え、花の開く毎におやえさんを招いていた。

おやえさんも親しくつきあってくれた姉が癌で死んだ時、おやえさんは自分の身内の死を迎えたように泣いてくれた。

その年の二月二十八日、姉の命日には、例年になく雪が深かったが、寂庵のおやえさんの梅は咲いていた。

それから二年めの二月のある日、おやえさんは珍しくいきなり寂庵へ訪れた。

まるでそれを知っていたように、その朝紅梅が満開になっていた。縁側に毛《もう》氈《せん》を敷き、梅を眺めながら、私たちはささやかな酒盛をした。

「おやえ梅、ほんとに鮮やかね、大切に育ててくださってありがとう」

改った口調にびっくりしている私の顔から目を梅に移し、おやえさんが静かな声でつぶやいた。

「もうすぐ、わたくしお姉さまにお逢いしますのよ。寂聴さんがこんなにお元気で書きに書いているって、ようく御報告いたしますからね」

私はいつものように丁寧な化粧をして、華やかな着物を独特の着付けで身にまとったおやえさんの姿を見直した。

「どこかお悪いの?」

「ええ、まあちょっとね」

それ以上訊かせない口調が声のひびきにあった。

それから二ヵ月後、桜の花ふぶきの下でおやえさんの柩《ひつぎ》を見送っていた。姉と同じ病気が発見されて三ヵ月だったと、喪服で一際美しさの冴えた長女の文《あや》さんが教えてくれた。三人の娘さんたちはもう泣き明したのか、洗ったようなすがすがしい顔で身を寄せあっていた。次女の舞《まい》さんがつぶやいた。

「母としてはちょっと困った点もありましたけれど、一人の女性としては、ほんとに魅力的な可愛い人でした」

お棺の中には、とげがあって普通は用いないのに、おやえさんの遺言だというので、三姉妹が真紅の薔薇《ばら》の花を敷きつめ、遺体の上からも薔薇の花をびっしり降りそそいであった。

「寂聴さんの『かの子撩乱』の岡本かの子の死んだ時のように、私の時も京都じゅうの花屋から赤い薔薇を需めて、それに埋めてねと、いつも言っていたのです」

三女の加奈《かな》さんが、私に肩を寄せてきて囁いた。

「梅の咲く日に、私にもお別れに来て下さったのですよ」

私は三人に言うつもりの声が喉につまって言葉にならなかった。

去年まで咲いて花祭りの客を喜ばせていた桃の木が枯れ、根本から庭師がばっさり斬り捨ててしまった。その桃の木は紅い花と白い花が幹から分かれたそれぞれの枝にびっしり咲くので「源平桃」といい、その木を持参してきて、自分で鍬《くわ》を持ちそこに植えていってくれたのは、比叡山横川の行院で二ヵ月の行を共にした桑田正造《くわたせいぞう》だった。二十歳前後の行院生が四十人余りと、若い院生がほとんどの中で、五十一歳という私と同い年の男だった。結婚して妻子もある温厚な人物で、長年、東山《ひがしやま》の由緒深い寺の寺男として庭掃除や寺の若い僧たちに雑事を教えていた。どういうわけがあったのか、私と同じ五十一歳の秋、出家して、翌年の横川の春の行に参加したのだった。

私たち二人より年長者は六十五歳の安達兼之《あだちかねゆき》という老人がひとりいただけだった。安達は四歳の孫をその子の母から預り家の表で遊ばせていた時、ほんの一瞬、急に痒《かゆ》くなった脚の痒さの原因を探っていた瞬時に、孫は暴走してきた自動車にひき倒され、死なせてしまったのだった。いつでも死児の写真の入った袋を輪袈裟《わげさ》といっしょに首からかけていた。無口な老人は勢いのいい若者たちと同じ行動をするのがせい一杯で、歯を喰いしばって荒行に耐えていた。安達兼之が唯一和んだ表情になって話をするのは、桑田正造だけだった。私は桑田から安達老人の出家の原因になった孫の災難を聞かされていた。

「子供の母が、私の過失を責めないのが責められるより辛く、自殺をはかったが未遂に終り、こうするより他なかった」

と語ったという。作務の時間などには三人が自然に集って、掃除をしたり薪《まき》を作ったりしていた。

行が終り、半年ほど後、漸く建った寂庵へ、早々と桃の木を持ってきてくれたのが桑田正造だった。

「この間、群馬《ぐんま》の安達さんの所へ寄ってきましたよ。とても元気で、寂聴さんにぜひよろしくと言ってました。家では堂々とした存在感のあるおじいちゃんでした」

そんな話をしてくれた桑田は、東山の寺を辞して、生家のある滋賀《しが》の山奥の無人寺の住職になると、楽しそうに話して帰っていった。

訃報を聞いたのはそれから四年後であった。その跡を追うように群馬の安達老人の死も一枚の葉書で告げて来られた。安達老人をあのおだやかな笑顔で迎えたであろう桑田正造のやさしい物腰が目に描かれ、私は悲しいよりもどこかでほっとしていた。

「桃の跡に何を植えましょうか」

さり気なく言う庭師の言葉に、私は返事が出来なかった。

寂庵の樹は四十年の歳月にみんな大きくなり、天を支えている。しかしその木を贈ってくれた人々は、もうほとんどこの世に居ない。

源平桃の木はなくなったのに、私の目の中には咲き連った紅白の梅の彼方に、いつでもそれらに遅れてゆっくりと花を開いた源平桃の幻が見えるのであった。

さて私は、自分の生きていた印《しる》しに、この庭に何の木の花を植えて行こうか。それも死に支度の一つに忘れてはならない。

虹の橋

「あら、今日は早起きですね」

寝室の襖を細目に開け、顔半分を覗かせたモナがいう。私はすでに朝風呂に入り、ベッドも整え、白のベッドカバーをきちんとかけて、脇机には自分でいれたコーヒー茶碗の空になったのが置いてある。

「徹夜したんですか?」

「しない。三時に起きるつもりで晩御飯早めに食べてちょっと横になったらずっと寝てしまって、いつもより半時間早く起きただけ」

「この頃ヘンな癖がつきましたね、いつも早く寝て夜中に起きるっていってはお酒呑んで、結局起きないんだ」

「それより、モナこそどうしたの、いつもより二十分も早いじゃない?」

「センセどうしよう……モナ、大変なことが起っちゃったんですよう！　今朝、髪にドライヤーあてようとしたら、禿《はげ》が出来てたんですよ！　三つも！　これはストレスによる円形脱毛症だよう」

「ええっ！　それは大変だ、どこ？　見せてごらん」

モナが長い髪の毛を両手の指でくしゃくしゃにして、首を私の胸めがけてさし出した。

私が手をのばして確めようとした瞬間、モナが吹き出した。

「ワーイ、今日は何日？」

と飛びすさっている。またエイプリルフールにひっかかってしまった。

三年前、勤めはじめたばかりのある朝、「生理がこない」と、青い顔で告げ、私をびっくりさせたモナのエイプリルフールは、いまや寂庵では伝説化されている。去年は、こちらも要心していたが何事もなかったから、すっかり忘れていた。

「センセが佐藤長先生の禿のこと、編集者に話してたでしょ。あれから思いついたんです」

モナは得意そうにガッツポーズをとっている。佐藤長さんは、私が北京で新婚生活を始めた直後から、紅楼飯店《ホンロウファンテン》という白系ロシア人の経営するアパートに同宿していた留学生で、送金が届かなくなったので、気の毒だから、食事に誘ってやれと夫に言われ、中国式の二食の食事を、私のたどたどしい料理で三人で食べているうち、佐藤さんの頭に銅貨大の禿がいくつも出来、夫に移されては大変と、医者に行ってもらったところ、帰ってきて、「栄養失調でした」という。私が怒り狂って、なぜ、私たちと同じものを食べてあなたひとりが、栄養失調なのかとなじったところ、チベットの歴史を研究している東北生れの口下手な佐藤さんは、一語一語、押し出すような口調で、

「ぼくの体は人一倍栄養を要求するのだと思います。すみません」

と言った。その話を私が面白がって話したり書いたりしているので覚えたモナが利用したのだった。

モナは私の書斎をすでに覗いてきていた。

「どうするつもりですか？　明日は東京ですよ、今月はどこも締切が早くて、どんなに遅くても十五日までしか待てないと言ってますよ。講演とか対談は三

つともキャンセルしてます。どれも私がとっくに断ってたのに、センセがいつの間にか引き受けてしまったものばかりです。世間はセンセのこと出家なんかするからとても決断力のある心の潔ぎよい立派な人だと誤解してるんですよ」

「誤解だって？　それは正解だ！」

私は笑い出してしまう。決断力のある、心の潔ぎよい立派な人間が小説家になどなるものか。五十一歳にもなって出家などするものか。

モナは私の机の上の原稿用紙に一字もなく、その上に筒井《つつい》康隆《やすたか》の『創作の極意と掟《おきて》』が開かれているのを見てきたのだ。モナがコーヒーを運んでくる度、私は何も書いていなくて、その本のあちこちを開いている。

「その本、そんなに面白いのですか」

「この作者好きなのよ、書くものも」

「だって九十一にもなって、他の作家から創作の極意なんて教えて貰わないと書けないんですか」

「そういうこともある。自分より年上の作家がもういないから若い人の書いたものしか興味ない」

「その筒井って人、何歳ですか」

「私より一廻り下だと思うけれど」

「ひえっ！　じゃ、もう八十じゃないっすか」

「七十九じゃなかった？」

「七十九も八十も同じですよ。二十代のあたしたちからみれば。センセだって もう九十二といっても九十三といっても、別にどうだっていいという感じ。モナが二十五から二十六になる切羽つまった一大事とは、ぜんぜん別の次元の問題です」

「でも、この本面白いんだから。群像の『死に支度』が始った時、この作品の連載はもう八回もつづいていたの。でも本になってじっくり読むとほんとに面白くって。読みながらつい笑えてくる。でもこの本の中に、他の作家の名や作品の話はいっぱい出てくるのに私の名も小説も一切ないんだから」

「それって侮辱じゃないっすか？」

「そう思わないから繰返し読んでるんだ。でも何度も読んでるうちに、漸く、もう書くの止めてもいいなと本気で思えてきた」

「ほんとですか？」

「どうやらほんとみたい」

「ま、聞きおく程度にしておきます。何てったって、すぐ気が変るんだから。それより、がんばってくれないと五日の宝塚へ行けませんよ」

「ああ、あれ、もう気が変って全く行きたくなくなった」

ヒーッと叫んで、モナは事務所にいるアカリを呼びに走った。ここへ来て以来、誰もがそうなるように、お菓子を食べすぎて、本来の丸顔がますますゴムまりのように丸くなったアカリも、泣き面になっている。二人とも宝塚は見たことがないといい、大劇場で行われる一〇〇周年の式典をひどく楽しみにしているようだった。

当日は三千近い席の大方が招待者で、チケットを売るような仕組みではないらしい。式典の記念曲を作詞した私の付人として二人の席も用意されたのだった。ホテル代も交通費も出してくれるというので、モナは格別喜んでいた。

ホテルは二晩とってくれてあった。当日は朝から始まるので前夜から泊ってくれという。式典の後で夕刻からパーティがあるから、その夜も泊って、翌日の卒業生たちのショーも観てくれという。三人揃って外泊するなどはなかったので、アカリは子供のようにはしゃいでいた。

「先輩たちは、社員旅行とかって、沖縄やハワイや北海道や韓国にも行ったっていうのに。あたしたち、どこへもつれてって貰ってません。宝塚二泊くらい行きたいですよう」

　モナが冗談でない声を出して迫る。

なぜ気が変ったかと説明するのも面倒臭くなって、私は三人で出席することに同意してしまった。四月の締切がどこも早くなったことと、自分で出している「寂庵だより」が、またしても二ヵ月も書けていないことが重荷になって、二日間仕事が出来ないことが痛切にこたえている他に、モナにも知られないようにひそかに気を配っているのが、四、五日前から急速に軀の衰えを自覚したことであった。夜、寝床でほとんど毎晩脚が攣《つ》る。その痛さは恥も外聞も失うほど激烈で、誰も居ないのを好都合に「痛いよう！　痛い！　痛い！」と泣きわめく。幸い、寂庵は庭が広いため、どんなに悲痛な声を発しても他人に聞かれることはない。黙って脚を揉んだり、腰をさすったりするくらいでは、この痛さはびくともしない。涙と汗の区別もなく顔を濡らしながら軀をどたばたベッドに打ちつけたり、曲芸のようにねじ曲らせたりしているうちに、ふっと、まるで憑《つ》きものが落ちるように痛さから解放されている。足の指が硬直して指と指が離せなくなり、頭まで鋼で締めあげられているような不快の極みだった。こんな時、横に男でも寝ていたら思わずその鼻に嚙みついているだろう。幸い空閨《くうけい》を四十年もつづけているので、この痛みの極まりの時の狂態を誰にも見られないことがせめてもの救いだった。

　夜なかに起きないようにと酒をたっぷり呑んで寝ても、何の効果もない。糖尿病の症状の一種だといわれるが、掛りつけのドクターは、別に糖尿病の症状は悪くなっていない。むしろ、前回（三ヵ月前）より、すべての数値は好くなっていると言う。

　それでも足が攣るんですと言いかけて黙ってしまう。私の娘よりも二十歳も若そうなおしゃれな女医に、ま夜中のあの自分の醜態を告げるのが、ふいに馬鹿々しくなり、ぷっつりと髪をショートに剪り、眼鏡を替えている女医に若くなったなどお世辞をいったりしている。

食欲も睡眠欲も、飲酒欲も一向に衰えないのが不可解だが、朝目覚めた時は、いっそ目が覚めず、誰にも気づかれずひっそりと昨夜の眠りの中で死んでいたらよかったのにと、本気で思う。近頃では逢う人毎に、

「いつまでもお元気で」

「百まで大丈夫ですね、どうぞお達者で」

と挨拶される。駅でも空港でも、道路でも、全く知らない人から握手を求められ、肩を叩かれ、同じことを言われる。その度あわてて間をさえぎろうと腕や体で私をかばおうとしていたモナも、今ではもうあきらめて、私と同じように、平然とそれ等の人をやり過すようになっている。

いつまでも生きられる筈はない。百歳までなど決して生きていたくない。老いる時には老い、死ぬる時には死ぬがよろしく候《そうろう》と良寛《りょうかん》がいっている。最新刊の私の小説『爛《らん》』のヒロインのモデルは、八十歳になるのは自分に許せないと言い暮していたが、言葉通り七十九歳の春、自死を遂げている。美意識のために死ぬと、遺書には書かれていた。一度めは薬で失敗したがそれでもあきらめず、二度めは、両脚を白い絹布でしっかりと縛り、薬の量も正確に呑

み、ビニールの袋に自分をしっかり封じこめて自殺を成功させていた。発見した娘と孫から死顔が美しかったと告げられた時、傷《いた》ましいという悲哀はなく、羨ましいという想いが胸につきあげてきたものだった。一年に三万人という自殺者が一向減らない日本の現状に対してマスコミから意見を需められたりする時は、人間は定命が尽きるまで自分を殺してはならないなどもっともらしく答えているが、私の心底を覗きこむまでもなく、老人で生きつづけることに喜びと情熱がなくなれば、自殺してもいいように常に思っている。僧侶の立場では絶対口にできない考えだが、小説家としての私の心の底には自殺した作家たちの誰彼をとがめたりけなしたりする気持は毛頭ない。むしろその人たちになつかしさを感じているのだった。

近頃よく、老人の孤独死が取りあげられ、社会問題として論議されているが、誰にも気づかれずいつとも知れない定命を無視してひっそりと死んで行った人が気の毒だとばかりは評されないと思う。もう生き飽きていたかもしれないし、死ぬ瞬間は肉体的苦痛もあったかもしれないが、これで死ねると思った時、ほっとしていたかもしれないという想像も可能なのだ。孤独死しても、家族に取り囲まれて惜しまれて死んでも、死という事態は同質であって、死に上下の点数はつけられない。

今朝何気なく開いた昨日の夕刊の「惜別」という頁に遠藤周作《えんどうしゅうさく》さんの顔があった。遠藤さんが誰かの肩を抱き、抱かれた男が満面の笑みでカメラに向って片手をあげている。遠藤さんの笑いをこらえたような表情に比べ、男の笑顔はいかにも屈託のない明るさにあふれている。写真の横の司祭井上洋治《いのうえようじ》さんという文字に気がついた時、あっと新聞を摑み直していた。遠藤さんは一九九六年に死んでいる。今から十八年も前のことだ。その葬儀ミサをとり行ったのは井上洋治神父だった。上智《じょうち》大学に隣接する教会で行われたそのミサに、私は梅原《うめはら》猛《たけし》さんと二人で京都から出かけた。多勢の参列者の中から遠くに井上神父の姿を見て、私は遠藤さんの死を悼《いた》む気持に劣らない程の強烈な感慨に打たれていた。神父は当然、ミサに没頭して、私の姿などに気付く筈はなかった。長いミサの間じゅう、私は他の人のするように、胸に合掌したり、讃美歌を歌ったりしながら、心は井上神父との忘れられない縁を思いおこしていた。

私はこの文を書きながら、自分の出家について大きな思いちがいをしていたことに愕然としている。長年、私は自分の出家を思いついたのは四十八歳頃からだと思いこんでいた。

ところが今度、井上神父の逝去の新聞記事を見て委《くわ》しく記憶を確めていくうち、私が自分を根本的に変えたいと思いつめていたのは実は四十三歳頃からだということを発見した。

当時親しかった遠藤さんに真顔で、

「カトリックの洗礼受けようかしら。難しい？」

と相談したのは私の四十三歳の頃なのに気付いた。

「ほう、とうとうそういうことになったか」

いつも会えば冗談ばかり言って、私を涙の出るほど笑わせる遠藤さんが見たこともない引き締った真顔になって、

「よっしゃ、凄い神父を紹介するよ。ぼくの一番信用してる神父でぼくの親友だ。少し彼とつきあってみなさい」

そしてその場で神父に電話で連絡して、私の指導を頼むといってくれた。

遠藤さんがフランスへ留学する時、暗い四等船室で航海を共にしたのが井上

洋治さんであった。二十歳で洗礼を受け、東京大学で哲学を修めるとすぐフランスの修道院を目ざしてその船に乗ったのだった。二人は船の中で意気投合して以来終生の親友になった。

「彼の修道院の修行は荒行で日本の仏教の荒行よりもの凄いやつなんだよ。彼は七年間の荒行に耐えたんだから並の神父じゃない。表面はおだやかだし、文学もわかってる。ま、つきあってごらん」

それからすぐ井上神父が私の中野の、蔵付の元質屋の借家に、週一回訪れてくれるようになった。対面で聖書を読んでくれ、雑談めいた話をして二時間足らずで辞去される時が続いた。

「礼金なんて、気持だけでいいよ。ただし彼は酒好きだから、勉強のあとで酒でもふるまって下さい。もちろん酒量は瀬戸内さんには敵わないよ。陽気になるいい酒品だ」

その頃は遠藤さんは私より一歳年少だけれど、吉行淳之介《よしゆきじゅんのすけ》さんたちと第三の新人と呼ばれていて、文壇での地位は確固たるものになっていた。井上神父はいつでもおだやかで物静かで、声の調子が柔かく、教え方も押しつけがましさがみじんもなかった。帰られたあとで、いつでも私はとげとげしく疲れきっていた神経が、ほんわか揉みほぐされているような快さを味わっていた。

聖書を読むあとの酒席の雑談の方が愉しくなっていた。七年と聞いていたフランスの修道院の修行は実際は七年半だった、神学の勉強は中世のトマス・アクィナスの思想を詰めこまれて面白くなかったなどと話す。私はトマス・アクィナスと聞いて奇声をあげた。家を飛びだし京都で放浪中、私がどうにかありついた職場が「大翠書院《だいすい》」という小さな出版社で、そこで私に与えられた仕事がトマス・アクィナスの翻訳のゲラ校正であったのだ。およそ校正など緻密な神経を要する仕事にむいていない大雑把《おおざっぱ》な私の手に負えるものでなく、私は毎日、それまで写真を見たことも、思想を読んだこともないこのじいさんを内心のろいつづけていた。その本は国会図書館に収っており、誤植の多さで第一級だと聞いて、ぞっとしている。その話を聞くと、神父は、はじめて声をあげて笑いつづけた。

そういえば、あの笑い顔はこんなふうだったかと、私は新聞の笑顔をしみじみ見直すのであった。

導かれはじめて一年もたたないうちに、私は迷いあぐねた末、遠藤さんに、

「やっぱり洗礼はやめる。ちょっと私の早とちりだったみたい。神父さまに悪いかしら、怒るかしら」

と、おどおど申し出ていた。遠藤さんは短い沈黙をふき飛ばすような笑い声をたてて、

「そうか、瀬戸内さんには外国人の年寄りの怖あい神父をさし向けるべきだったな」

と言い、あっさり承知してくれた。井上神父は、私が何日も悩んでようやく切り出した時、

「ええ、遠藤から聞いています。瀬戸内さんは誰にも何にも遠慮はいらない。じっくり思考して、ゆっくり新しい道をお決めなさい」

と言っただけであった。二人ともその後、ちらともその件に触れようとはされなかった。

私はあまりの潔ぎよさに、自分の非礼を棚にあげて、やっぱりカトリック信者は腹が据わっている。私はまたしても早まったのかなと、後悔していた。し

かし、何が何でも、今更、またお願いしますとは言えなかった。その年の末、私は東京から逃げるように京都へ居を移している。

しかし、蔵のある家を思い出す度、そこの八畳の和室で、井上神父と共にした時間の静謐《せいひつ》さと、あたたかさがありありと浮んでくるのであった。

その家のささやかな門の二つの柱には私と、男の表札が出ていた。私が家を出る原因になった若い男との縁が切れてはつづき、腐れ縁を引きずったあげく最後の試みとして、対等の立場を形づくり男の自尊心をいたわるつもりで始めた何度めかの同棲であった。蔵を書斎に設計してくれたり、荒れきった庭を毎日庭師を指図して小ぢんまりと整えてくれたり、男は長く空家になっていたこの家に気を入れようと努力していた。そうして家が整うにつれ、二人が互いにこのこわれやすい平安を取り落してしまわないようにと無理な努力をしていることがわかってきて、それぞれの息苦しさが日毎に積み重っていった。さけられない別れの予感に今更おびえはなかったが、必ず別れに至る情事の虚《むな》しさはもはやぬぐい様のない虚無を体内に棲みつかせている。相手が裏切るほどに、こちらももっと手際よく裏切っている。男とほとんど同年の神父に人間の愛の限界について話したいと思いながら、それが言いだせない。

そのうち、神父の方から、信者の人妻に深刻な身の上相談を受けて答えようがないと、打ちあけられるようになった。それは教会の告解室での告白ではなく、人間神父に個人的な悩みを告げにくるので、そうした女の信者たちの扱いに手古摺《てこず》り悩まされていた。いつの間にか、年長で人生経験の多い小説家の私に清純な童貞の神父が身の上相談をしかけているような有様になっていく。しかし当時の私には神父の悩みを受けとめる余裕がなかった。私は遠藤さんにも神父にも、キリスト教が肌に合わない体質のようなだけだということを断りの理由にしていた。二人以外の誰にもどれほどしつこく訊かれてもキリスト教から逃れた本当の理由は言わなかった。

それから八年ばかり、京都に居を移した私は更に狂的に仕事にのめりこみ、その合間の時間に宗派を選ばず、寺院廻りをして各宗派の長老に直《じか》に逢い、自分を受けいれてくれる仏教の宗派を探していた。

決めあぐねた結果、天台宗の高僧で、直木賞作家として、何十年ぶりかで文壇に返り咲いた今東光師に拾われたのだった。

私の出家得度は唐突奇異ととられ、予期せぬマスコミの騒ぎを招いたが、通り一ぺんの挨拶状に対して心のこもった祝福を送ってくれたのは、遠藤さんと井上神父はじめ、カトリックの作家だけであった。

私が出家した後に、女流作家の大原富枝《おおはらとみえ》さんと高橋たか子さんが井上神父によって洗礼を受けたことを知らされた。特に高橋さんは井上神父のようにフランスの修道院に入ったりして、その信仰ぶりは情熱的であった。私は出家しても仕事は休みなく続けていたので、遠藤さんも井上神父も、私の尼僧としての修行と仕事を見つづけてくれていると信じていた。

遠藤さんの記念館が九州に建った時、私は開館式に飛んでいった。そこで井上神父と久々に顔を合せ、短い挨拶をかわしあった。

「御無沙汰ばかりで申しわけございません」

「よくお仕事しておられるのを拝見して喜んでいます。遠藤ともよくお噂していたのですよ」

「遠藤さんの魂は今日、ここに来ていますね、さっきからしきりにそれを感じています」

「おお、あなたもですか、ぼくもそれを感じています」

誰かが神父を呼びに来て、私たちは目礼だけで別れた。

新聞は井上神父が一九八六年から自分のマンションの一室を「風の家」と名づけて開放し、訪れる人の相談相手になっていたと報じていた。訪れるのは信者でない人がほとんどだったとある。私は深い吐息が胸の底から湧き上ってくるのにまかせていた。誰にも告げなかった私のキリスト教離れの原因は、神父にとって晩年を貫いていた衆生済度《しゅじょうさいど》の仏教的慈悲の忘己利他《もうこりた》の犠牲奉仕利他行だったのだ。晩年の遠藤さんの小説に出てくるキリスト者に、日本の真宗信者の匂いがただようようなのを思いだす。森羅万象に神仏が宿ると感じる日本人特有の感覚から、日本的キリスト教を胸に描いていた二人のキリスト者の魂に、揃って呼びかけられている気がしてきた。

「わかった？　この記事、寂聴さんあてのぼくたちの便りだよ」

遠藤さんの元気な頃の声がありありと聞えてくる。

宝塚歌劇一〇〇周年の記念式典は、式典という名にふさわしい厳粛で壮麗なものだった。

私たちの席は前から二列めの中央にとられていた。一列めには私の真前が扇《おおぎ》千《ち》景《かげ》さん、政治家や経済界の大物たちが左右に並んでいた。私の左隣りは、私の「虹の橋渡りつづけて」の作曲家、千住明《せんじゅあきら》氏の席、はじめての挨拶をする。扇千景さんは夜桜の着物に錦の衿をのぞかせている。たった今の季節にしか着られない夜桜の着物は、最高に贅沢《ぜいたく》な着物で、少し肥って貫禄のいや増した千景さんにはぴったりの美しさだ。宝塚卒業生も数多いなかで、参議院議長席に坐ったこの人ほど見事な開華を見せた人はいない。朝方ホテルに顔を見せてくれた有馬《ありま》稲子《いねこ》さんや上原まりさんはどこにいるのだろう。映画スターになった卒業生もほとんど集っているらしい。

大階段が舞台一杯にひろがって、そこに繰りひろげられるレビューの華やかさに、モナもアカリも目を見はったまま声も出ない。

男役のトップスターたちが似たようなメイクで、長い脚の足どりも爽やかに、大きな羽を背負って出てくると、モナとアカリのため息が押えきれなくて肩から肩へ伝ってくる。

これで夜のパーティに出て、宝塚のスターたちと一緒に立食したら、もう満足で、当分彼女たちはおとなしくなり、モナは私を口毎に叱ることはなくなるだろうと、内心ニヤニヤしていた。ステージは全く間をおかずす速く移ってい き、百人のラインダンスが目の前で行われた時は、若いふたりが我知らず足ぶみしているのを見て、ますます私は陽気になった。

そして、プログラムは進んで、ついに「第五場」の最終場面になった。

「第五場　祝典大合唱」である。

司会の星組の夢咲《ゆめさき》ねねさんと、花組の蘭乃《らんの》はなさんが、長い袖の着物に緑の袴をつけて、進行係りをつとめている。二人とも甲乙のつけ難い可愛らしい美人だ。夢咲嬢が、

「最後に、歌劇団生徒と音楽学校生徒、総勢四百六十名による祝典歌『虹の橋渡りつづけて』の大合唱でございます」

と言うや否や、舞台のカーテンがするすると上り、階段にびっしり居並んだ袴姿の生徒たちが緑色の表紙の楽譜を胸に抱きしめている。両脇の花道にも、やはり袴姿の最新入の生徒たちがびっしり並んでいる。作詞者として私の名が

呼ばれ、立って客席に一礼する。モナとアカリもあわてて客たちの拍手に遅れまいと手を叩いている。

作曲家の千住明さんが紹介され、私と同様、立ち上がって礼をする。つづいて指揮者の佐渡裕《さどゆたか》さんが紹介され、一際高い拍手のうち佐渡さんが指揮席に立つ。

四百六十名のタカラジェンヌが歌い始めたメロディーに、さすがに私の全身に身震いが走る。

長い詞を全員で歌ったり、独唱したり、二人でかけあいで歌ったり、しんみり語ったり、大合唱はどんどん進んでいく。指揮者は汗をほとばしらせて全身で力強く指揮してくれる。

これが私の作った詞？　私は身震いを抑えるのに必死だった。何度も書き直し、うめいた時間が嘘のようだ。今日出席したくないとぐずったのも、本音を言えば、この詞に自信がなかったからだ。小説はどんな短いものでも長いものでも書き終ったあと、誰も見ていないのに、バンザイの姿勢を取り、大きなのびをし、自分によくやったとうなずいてやる達成感があるものだ。

ところがこの詞は、幾度書き直してもあの胸を突きあげてくる達成感の感動がなかったのだ。

ああ、それがこんなにも美しいものだったとは！

作曲がすばらしい、指揮がすばらしい、そのおかげでこんなにも美しい合唱が生れたのだ。

私は涙が抑えられなくなって頭を上げつづけていた。うっかりハンカチなど使ったら、どこで見られているかしれない。

終った時、万雷の拍手が鳴っている。いつの間にか隣の千住さんとしっかりと握手していた。

「ありがとうございます。すばらしかったです」

「よかった！　いくつも作曲してきたけれど、今日ほど一分のすきもなくコーラスがまとまったのははじめてです」

千住さんの目にも涙が光っていた。

夜のパーティでは舞台メイクを落したスターや生徒たちが、袴姿であふれるほど集っていた。卒業生も残っている人が多かった。

私と千住さんが挨拶をさせられた。この後ホテルの地下で焼肉を食べさせるから、ガツガツするなと囁いておいたが、モナもアカリもす速くお皿に料理をのせてきて食べている。

やっと会場をぬけだし、焼肉店の席についた時、思わず三人が同時にはあっと大きなため息をもらした。

ずっとつき添って案内係りをしてくれたハンサムな若い人が、ここへ案内してくれる時、

「後の席で、あのコーラスに号泣してる卒業生たちがいましたよ。ずいぶん泣いてました。ぼくも泣きました」

と言った。三人で乾杯して、

「お疲れさま」

と交しあった時、私は二人に言った。

「あの案内してくれた人、すてきじゃない？　イケメンだし、背が高いし、やさしいし」

「結婚指輪してました。子供がたぶん一人で只今おなかにもう一人っていうパ

ターンじゃないですか？」

モナが妙にさばさばと言いすてる。

「いやにあっさりしてるのね」

「さっきからアカリちゃんと話してたんです。もうあたしたち、男いらなあい！　レズになる！　男役のスターたちのなんて魅力的なこと」

「やっぱりあたしたち、もっとやせる努力します。ヨガより、ダンス教室に通おうかな」

焼きあがった肉を口に運びながら私が言った。

「あのね、やっぱり私は明日八時頃帰りますからね。今月は締切がみんな早くて、どうしたって、書ききれない。今日なんか、こんなとこでこうしてはいられないのよ」

「だってえ、明日、卒業生たちのショーがあるんですよ。そんなの観ないで帰れない！」

「あなたたちは予定通り明日も観て、夕方帰ればいい。寂庵へは寄らないでいいから」

「だってひとりで帰せませんよ、危なくって」

「大丈夫、タクシーで一気に嵯峨まで走ればいいんだから。とにかく、ほんとは今夜にも帰りたいけれど、あんまり疲れたから、明日帰る」

心配するモナたちを説得して、私たちは部屋に戻った。私は豪華な一人部屋で二人は隣りのツインの部屋だった。

全身がまるでラインダンスをしてきたように疲れている。

風呂にも入らないで、私はベッドに倒れこみ、眠りこんでいった。

意識の薄れる瞬間、それでも生きていてよかった、と思う。去年死んでいたら、あの合唱は聞けなかったのだ。

「すばる」と「群像」と「新潮」のどれから明日書きはじめる？

モナとアカリが、寂庵の廊下でラインダンスの真似をしている姿が瞼に浮び、私は笑いながら、ずしんと睡《ねむ》りの中。

幽霊は死なない

モナから先生へ

お誕生日おめでとうございます。先生が満九十二歳になられたなんて信じられません。私と先生に六十六の年の差があるなんて。三年前初めてお逢いした時から、全く信じられませんでした。あの時、先生は半年近く圧迫骨折で寝たきりだったため、まだ家の中でもごっつい金属製の歩行器に取りすがって歩いていましたね。昔は若い編集者が先生と一緒に取材の旅に行くと、先生の歩く速さについていけなくて、みんな泣かされたなんて話聞いても、私にはそんな颯爽とした先生の健脚ぶりなんて想像も出来ません。私が寂庵へ勤めて最初の仕事は、広くて長いお寺式の廊下を歩く先生を歩行器ごと抱きかかえることでしたね。去年の寂庵革命以後は、上京したり、鳴門《なると》へ行く時のお供が重要な仕事でした。京都駅、東京駅で車椅子の用意をすること、天台寺や被災地へ行く時の空港の車椅子の手続きをす速くすること、どこでも押し寄せてくるファンから体を張って先生を守ること（大げさ!!）などが私の仕事の大切な一部になりましたね。先生は何にでもすぐ馴れて、車椅子の乗り方もたちまち上手になり、「もっと速くて大丈夫！」などせかすようになりました。回復力の強さには驚嘆!!

でも先生はこの頃よく、モナとふたりの時、

「ああ、死にたい！　どうして私、死なないんだろう、もう生き飽きたよう！」

とおなかの底からうなるように言う癖がつきました。

「定命の尽きぬ限り、人間は死ねないんだって、法話に話してるじゃないですか。その人が、そんな泣き言云って仏さまに叱られますよ」

って私が反論すると、

「あはは、モナに説教されるようになっちゃった」

と、おなかをかかえて笑います。笑いごとじゃありませんよ。先生はよく言

葉には言魂《ことだま》があって、命があるから簡単に使っちゃいけないって言ってるでしょう。死にたいなんてお坊さんの癖にそう簡単に言わないで下さい。先生があんまり死にたがるものだから、昨夜、夜なかに夢にうなされて目がさめて、ふっとほんとに先生が死んじゃったらって考えはじめたら、涙がポロポロ出てきてとまらなくなった。肩がひっくひっく揺れて涙があとからあとからこみあげてきて。

今年で三年あまり、ずっと先生に支えられてきました。先生がいるからこの世に怖いものなんてない。先生が私のことをいつも見てくれるから私、こんな無敵な気持ちでいられるのです。

先生、死なないで。死にたがらないで。

もっと、もっとそばにいて。私にはこれからたくさんいろいろなことが待ち受けています。その時にそばにいてほしいのです。

まだ身内の死に遭ったことのない私は、どう考えても、一番早く先生の死を迎えそうで怖い。先生はいつも少し酔っぱらうと、「もうこの世でしたいことはみんなしてしまった。見るべきものは見つって心境よ。出家は生きながら死ぬことだから、ほんとはもう私は死んでるのよ。この世にいるのは、出家者の義務が残っているからなのよ。それももう私の力せい一杯は果したような気がする。あっちの方がずっと愉しそう」なんてぐちる。

　ほんとにあの世には、先生の大好きな人たちがたくさんいるから、たしかに先生は死んだ方が楽しそう。先生には向うの方が断然楽しそうだ。あれ、私って、いつの間にあの世があるなんて信じてるんだろう。先生の法話を聞くともなく聞いたり、仏教関係の本を読んだりした影響だろうか。まだ愛しあった友だちの一人もあの世に送っていない私は、あの世ということばをこれまで上の空で口にしていた。語学系の学校に入ってカナダに留学した私は、信仰もないのに、キリスト教の教会によく出かけていた。カトリックの教会の方が綺麗で好きだった。そこでも天国と地獄があったが、仏教の極楽よりもキリスト教の天国の方がなじみ易い気がしただけだ。今気がつくと、いつの間にか私は観音さまがマリアさまよりなじみ易くなっている。これって先生の影響？

　毎日先生は実によく笑う。私やアカリちゃんのすること、なすことがおかしいといって、体じゅうをゆすって笑う。でも私たちがどんなに先生を笑わせても、時々、ふっと虚しい感じにおそわれる。先生が笑いながら、とても淋しい目をしているのを感じるから。私は本当の意味での先生の話し相手にはなれないし、先生の心に寄りそうことなんて出来っこない。先生はいつでもモーレツ孤独なんだ。そして私も。

死ぬことはもう先生にとってはほんとの安らぎであって、ハッピーなことなんだ。むしろ喜んでお見送りパーティでも用意すべきだけれど、ちょっと待って！　私の都合で言わせてもらうと、「もう少し待ってよ」と言いたい。まだ元気で私たちと毎日お菓子の奪い合いをしている先生に、こんなこと言うと変ですが、そう思っています。

先生が死んだら、私はもう死ぬのが怖くないでしょう。だってあちらに行けば先生に必ず逢えるんですもの。でも先生はあちらで大好きだった人々に次々逢って懐かれてしまって、こちらのことなど、すっかり忘れてしまうかなァ。

九十二歳の先生と二十六歳の私、六十六歳の年齢差を越えて一緒に暮させて貰ってることこそ、先生のよく話される奇縁というものでしょう。先生は私たち若い世代のことを段々理解されてきたし、ほんとによく笑うようになられた。「若返られた」と逢う人毎に言われるのが嬉しい。私は先生の思想や信念の影響をじわじわ受けて確実に自分自身の改革をとげています。

先生との出逢いは私の人生を大きく変えました。お調子乗りで気が利くふりをして、実は気の利かない私に、いらいらしながらもすぐには怒らないで、二、三日後にぴしっと叱られるのが一番身にこたえます。偉そうにしているくせにほんとは気が小ちゃくて、すぐへこんでしまう私を、気短の先生がよく辛抱して置いてくれると思います。先生には感謝しきれません。

なかでも先生は私という人間の存在を認めてくれた。それが一番有難かったです。表面の向ういきの強さは造りもので、ほんとの私は自己評価が低く、すぐ「私なんか」というのが口癖です。先生はその言葉が一番嫌い。

「私なんかって絶対言ってはダメ！　私はこの世で一人しかいないんだから『私なんか』と言うのは自分に失礼よ！　そんな『私なんか』と言うような子はここにはいらない！」

と、怖い顔をして叱ります。

「この世に一人しかいない自分という存在を先《ま》ず認めてやりなさい」

と先生が言ってくれたとき本当にびっくりしたけど死ぬほど嬉しかった。

姉は頭がよくてストレートで医者になり、さっさと同僚と恋して結婚して赤ちゃんを産んだ。妹は生れつき声がよく、歌手になるつもりでその道一筋に勉強している。それに比べて、私はこれと誇れる才能がない。先生の所に来て、先生が人の才能を宝のように認めほめるのを知り、益々コンプレックスに落ちこんでしまった。一見明るそうに振舞ってるけど、ほんとは何でもネガティブに考えるマイナス思考。先生にそれを見抜かれてぴしっと叱られる時が一番怖いし、嬉しい。

「人の目なんか気にしないの、人間の幸福は自由に生きること、自分の心を見つめてればいい」

ほんとにそうですね。誰が私を誤解しようが認めてくれなかろうが、先生が私にはついている。こんな力強い誇らしいことがあるでしょうか。先生はどんな忙しい時でも私の話を聞いてくれる。私に何かあれば、きっと私を守ってくれる。そう信じられる私はほんとに世界一の幸せ者だと思っています。

先生の衰えない情熱、潔さ、強さ、凜としてること、何にもまして優しさ。

全て私のお手本です。先生は私の道しるべです。

「モナの代りはいくらでもいるから、いつ辞めたっていいよ」

と先生は言う。私には結構辛口。でもその通りだと思います。私にしか出来ないことなんてないんです。でも先生が気がふさいだ時、体がもう限界と叫ぶ時、少しでも私の存在が先生の慰めになることが出来たらと思うのはおこがましいことでしょうか。

先生はほんとに私に優しい。私の好きな食べものは、ちゃんと残してくれてるし、一つしかない時は、半分こしてくれる。一日に五回は声をあげて爆笑する。でも時々気づくんです。こんな愉しい日々がいつまでも続くわけがないってこと。先生との時間をカウントダウンすること自体、バカげてるし、逆算して一緒にいるのもくだらない。ああ先生、やっぱり日々切ないよ。みんなが先生の年から考えて、そう長くはないでしょうってささやくんだもの。みんなわかってないね。先生が怪物だってこと。みんなわかってないね。先生にはこの私がついてるってことを。この丸三年間、私が一番長い時間、一緒にいた人は先生です。先生と二日以上離れることはなかった。二日も会わないとソワソワします。

去年の革命から一年過ぎ、今まで昔からそうだったかのように支障なく日々過ごせた驚きと、その達成感!!　これだけは、先生と私の二人だけの共通の感動です。

白状すれば、あの時、ほんとは不安で不安で、一人になれば心配で涙が止まらなかったのです。

みんなの去った後、一人で先生を支えるなんて恐ろしくて、責任が大きすぎて。でもあの時、先生がすでに革命に気が向いていることを感じたので、私は高い所から目をつぶって飛び降りるつもりで「やります。やってみせます」と言ってしまったのです。あれから一年三ヵ月。先生お互いよくがんばりましたよね。先生の仕事が減るどころか、前より増えているって、先輩たちに叱られるけれど、それは私の断ったものをいつの間にか先生が引き受けているせいですよね。

先生、死なないで!!　私とアカリちゃんのキレイな花嫁姿見てね、そして泣いてね。赤ちゃんが出来たら、「よくがんばったね」って、ほめてね。そして赤ちゃんの頭を先生の水晶の数珠《じゅず》で撫でてね。「いい子に育て、元気に育て」って。

一緒にいられる間はずっと二人で笑っていましょう。この世で先生に出逢えたこと、一番の幸せでした。感謝です。

先生、大好きですよ、心の底から。

モナの手紙を読み終って、私はしばらく机にもたれたまま、ぼうっとしていた。モナは寂庵に勤めるようになってから、よく私あての手紙をよこした。モナによれば、自分の行動や想いが、私にぴったり伝わっていないと思う時、感情的にならず手紙を書いて理解をうながし、誤解を正してほしいからだという。私は読みおくだけで返事をしたことはない。ささやかな言動の行きちがいや誤解は、モナの手紙でいつでも即座に解決する。解決したことをわざわざ手紙で告げるほどの時間の余裕は私には全くない。返事の必要な手紙が、大きな紙袋に二杯もたまっている上、毎月発行している「寂庵だより」がすでに三ヵ月も遅れている。一時は一万近くも発行していたのが足りないほど読者がついていたのに、三百二十五号まで継続する歳月の間には大方半数ほどに継続購読者は減っている。最初から中年の読者が多かったせいで、二十数年もたてば死亡者も多くなり、目が見えなくなった者も要介護者で寝たっきりになった人も少くない。創刊時に年二千五百円と決めてから一度も値上げしていないのだから、出版するだけで赤字が増えつづける。読者は値上げをしろとしきりにすすめてくれる人が多いが、とぼしい年金の中からやりくりして読みつづけてくれる人に、値上げなど気の毒で出来ない。

最初から私の宗教上の布施のつもりだったので、何とかこのままで続けたい。経済的な問題もさることながら、昨年から、その編集も私一人の手になるようになったから、次第にその負担に耐えられなくなってきた。読者は何より私の体力を心配してくれ、遅れてもいいから体をいたわって、いつまでも続けてほしいなど優しい手紙を貰うと、涙が出てしまって、やっぱりこれは止められないと思う。

モナに指摘されるまでもなく、すべては私のせいで起る悶着である。その上、明らかに体力は日々衰えてきて、一日に三十枚くらい書けたのが、一日に五枚書いてぐったりしてしまう。そんな自分のペンの動きが信じられない。それでいて、今、こうまで生き永らえて、何が嬉しいかといえば、小説を書くことだけである。どんな短いものでも、新しく産みだした小説が仕上った時くらい全身に喜びが満たされることはない。宇野千代さんが「或る小石の話」という絶妙の短篇を書きあげたのは九十四歳の時であった。秘かに、あれを越える短篇を書いて死にたいと思いつづけてきた。宇野さんが亡くなられたのは九十八歳だが「或る小石の話」以降は、ほとんど執筆はされていない。

九十四歳にはあと二年ある。それまでに自分で掌を打ちたいような小説が書けたら、もう私はその場で悶絶《もんぜつ》して死んでもいい。いや、もう私は書きに書いた。げっぷが出るほど書いてきた。円地文子さんや平林《ひらばやし》たい子《こ》さんが口癖にいわれた言葉に「みっともない」というのがあった。

「あんまり書きすぎるのはみっともないですね」

二人とも書きに書いていた時期にそれを声を落してちょっと照れながらおっしゃった。私はいつでも自分の仕事ぶりをお二人のいわれた意味でみっともないと、心につぶやいている。

なぜか、近頃、私は妙に瑞々《みずみず》しい艶っぽい小説が次々湧き上ってくる。これこそ蠟燭《ろうそく》の火が消える直前、ぱっと焰《ほのお》が濃く色を増して燃え上るような現象ではないだろうか。

私が自分の死についてあれこれ考えだしたのは、七十歳頃からだった。もう二十年も前からだ。いつでも数人はいたスタッフたちと、おやつを食べたり、鍋を囲んだりすると、私はいつも、突然、

「私が死んだらね」

と喋りだす癖がついていたようだ。最初の頃は、スタッフたちは、ぎくっと顔色を変えて緊張した面もちになる。

「いいこと？　葬儀委員長は誰さんにお願いしよう」

私はスタッフの一人に、

「メモを取りなさい」

と命じ、誰さんの名をくり返す。それは私より十歳若い仲好しの作家だった。

「棺をかついで貰うのは、若くて力持ちがいいから、あの人と、あの人と

……」

と次々、今つきあっている呑み仲間でもある若い編集者の名をあげていく。そうなるとスタッフたちも話に釣りこまれて、口々に、

「あの人より、この人の方がカッコいい、庵主さんは面喰いだから、力より、見栄えで揃えましょう」

など口をはさむ。続いて、葬儀に掲げる遺影については、実物よりずっと良く写った写真を、

「これ、葬式に使おう」

といっては別に取りあげてあるのが、すでに十枚もたまっているので心配はない。ところがスタッフの一人が、

「でも、あんまりお葬式より旧い年のものは、へんでしょう。今の庵主さんの様子では、なかなかその日が来そうにもありませんしね」

と取越苦労を言う。香典《こうでん》はどうする、供花《きょうか》はどうするなど言いあううちに、コーヒーがビールになったり、お鍋に肉が加えられたり野菜が足されたり、ワインが新しく開けられたりして、座がパーティめいて陽気になっていく。

何回も同じことがくり返され、「私が死んだらね」がはじまるうちに、選ばれた葬儀委員長がクモ膜下出血で亡くなったり、棺をかつぐ筈の若い人たちも、ぎっくり腰になったり足を痛めたりして、使い物にならなくなっている。受け付けをする筈のスタッフたちも、結婚して子育てに追われたり、姑の介護で辞めていったりで顔ぶれも変ってゆく。

葬式なし、香典も花も御辞退という「つもり」も、何度も繰り返すうちに誰も本気にしなくなった。それでも、七十が八十になり、ついに九十を越えてしまった最近は、ひとりで「私が死んだらね」を頭に描きながら眠ってしまうことが多いのだった。

九十歳を過ぎてからは、今日死んでも不思議ではないと思う日がつづいている。毎日が死に支度と思いつづけ、朝目を覚ます度、ああ、また今日も生きていたのかとうんざりする。

あと三作書きたいものがあるなど、ついこの間までは編集者に話していたが、その三つがどんな題材だったか、思い出せなくなっている。モナにさり気なく訊いたら、

「私が知るはずないでしょう。先生は題だって小説が出来るまで決ってないことが多いんですもの。でもそんなことというようじゃ、いよいよ認知症ですね、さあ困った」

と本気の顔になる。その時すでに三つの小説の仮題も内容もはっきり思い出していたが、私はそれを告げずにモナに更に訊く。

「私、よく同じこと喋る？」

「ええ、時々、でも当り前でしょ、何しろ超後期高齢者なんだから」

「どうしてその度、それもう聞いたよって言わないのよ」

「そんなこと、痛ましくって言えませんよう。センセだって、旧いお友だちとの長電話の後で、ああ、ああ、また同じ話今の電話だけで五度も聞いちゃったって言うじゃないですか。それもう百度も聞いたよって、なぜ言えないんですかっていったら、そんな痛ましいこと言えないわよっていつもおっしゃるじゃありませんか」

と真顔でいう。痛ましいか、いつからそう憐れまれている存在になったのか。もしかして自分が書きつづけている小説もとんでもないものになっているのを憐れんで編集者はおだてて受取っているのではないか。いやいや向うだって商売だ。金のとれないようなつまらない作品を受取る筈がない。そんな弱気なことさえ頭をよぎっていく。

何事にも幕の引き時がある。私はその時をとうに失っていたのかもしれない。昔は、そんなことをしたらみっともないと直言してくれた男たちがいた。今、孫のように若い、しかしれっきとしたベテランの編集者たちは、原稿を受取る度に、

「いいですね、フレッシュで、感動しましたよ。まだまだ書けますね、この次は書き下しでいかがですか」

などとおだててくれる。九十二になっても、おっちょこちょいの私は、お世辞だなどとは露《つゆ》思わず、その度心がふわっと温かくなって、それじゃやってみるかという気分になっている。

高名な作家が七十くらいから突然呆けて、新年号の随筆に、去年とそっくりのものを編集者に手渡したという話や、締切を守るので有名だった一流の女流作家が、ある時、サインを頼まれて、自分の姓だけしか書けず、名前が思い出

せなかったのが始まりで、急速に呆けていったなどの話が伝っている。死ぬのは怖くないが、呆けるのが恐ろしい。

ああ、あの人たちが生きていてくれたら！　もうめったに思い出しもしなくなっている昔の男たちの顔や声が、急になつかしくなったりする。彼等が死んでからも三十年の歳月が過ぎている。

もう体を毬のように縮めなければ、横になる空間もないほど、乱雑を極めた書斎で、この部屋をまず片づけなければ死ぬにも死ねないと絶望的になってしまう。

モナへ
誕生祝いありがとう。
華やかな花模様の、可愛らしいパンツ三つと、とてもはきぐあいのいいジーンズを嬉しくいただきました。花柄は人前ではけないけれど、ぴったし体にくっついて、若々しく見えてニヤニヤしています。薄地だから、夏になったらはきましょう。

さて、お返しに迷ってたら、モナが、手紙の返事を一度ももらってないから、それが欲しいとメールで伝えてきたので、書くことにします。いつもいうようにモナの手紙は素直で情がこもっていて、文章の切れ味がよく、とてもいいものです。茶色の無地の封筒が、寝室のベッドの脇机の上に置かれている度、読まないうちに、心があたたかくなるのです。

顔を合わせている時は、爆笑するようなことばかり言ったりしたりしてくれるので、深い話しあいも出来ないけれど、モナは手紙の中では、ほんとにやさしい心と気づかいを見せてくれます。顔立ちが派手なので、モナは人から明るい陽気なムスメと思われているけれど、実際のモナは、神経の細い、不安を抱えた弱い娘だと、私はとうから察していましたよ。頭はいいし、カンが鋭いので、いつでも緊張している私の神経に、誰よりも速くついてくることが出来ています。いっしょにいてこんなに笑うのは、モナがはじめてです。

そこまで言ってしまっていいのというような内緒話も、モナはずいぶん私に喋っています。

「これ、他の人に言っちゃだめよ、もし喋ったら、殺しちゃうからね」

そんな大切なヒミツなら、私にも喋らなければいいのにと思うけれど、モナはなぜか私に喋りたいのね、私に喋ってしまうと、そのヒミツがヒミツとしてモナの心の蔵にしっかり貯えられていくのね。

去年の春の革命から、ほんとによくここまでやってこられたと思います。いつ神経がすりきれるかと心配していたけれど、モナは休日も取らないほど働きました。あんまりすらすら動くので、私の方も休みもあげず、こき使っていることを忘れるほどでした。

ようやく休みがとれると、モナは必ず日本海に面した古風な町に住むおじいちゃんとおばあちゃんを見舞ったり、一人暮しのお父さんを誘って食事をしに行ったりしています。今時、そんなやさしい娘があるのかと驚いています。

二十三歳で来たモナが二十六歳になってしまい、その間、誰とも何もしてないのどうしてくれる？　と、私に時々迫ったりするけれど、結構、好みに頑固なモナは、誰とでもちょっと遊ぶことが出来ないのも私は識っています。

「何て腕がないのよ、二十六の時、私はもう夫も子供も捨てて家をとび出して小説家になろうとしてシャカリキだったわよ」

と言うと、ふうんとうなって、私をつねりにくるモナの顔が好きです。急に子供っぽくなって可愛らしいのです。

もちろん、私はモナの結婚式には行くつもりでいます。でもあんまりのろのろされると、私は出席出来ない。何しろ、九十二歳って、死の上に張った薄い氷に乗っているような感じなのです。これが最後の連載と称して書いて来た「群像」の「死に支度」を今月で終りにします。本音を言えば、この小説を書いているうちに私は必ず死を迎えられて、この小説が今度こそ最後の作品となってくれるだろうと考えていたのです。これを書く間に乱雑を極めたあの部屋この部屋の本や資料のがらくたをすっきり整理して、着るものも、片っ端から捨てていって、身ひとつになっておこうと考えていたのです。

五十一歳で出家した時、私は一応それが出来たのです。何もかも捨ててしまってほんとうに身一つになった時の爽やかさが忘れられない。それなのにその後四十年もすぎれば、出家前より、物が増え、身動きもままならなくなっている。この間モナが、私の本のがらくたの中から、「あっ、こんな本がある！」と叫んで薄っぺらな二冊の本、『物の捨て方』『整理下手な人のために』というのをつまみだして、お腹の底から笑いを爆発させた時の照れ臭さを思い出す。およその中の指導を一つも守れない私をモナは面白がったのです。

モナ、改って告げます、本気で聴いて。

私は「死に支度」を今月でやめます、丁度一年間、十二ヵ月書きました。どうやらまだ死にそうもなく、それでいて、今夜死んでも何の不思議もない私に愛想をつかして、「死に支度」なんて、小説の中でも、実生活の中でもやめようと決めました。

私の「死」に対する理想的時期は、九十三歳なのです。里見弴《さとみとん》先生は九十四歳で、荒畑寒村《あらはたかんそん》先生は九十三歳で亡くなられました。お二人とも亡くなるまで意識がはっきりして、呆けてなんかいませんでした。私はあのような死を迎えたいのです。この小説を書く間に、ずいぶん多くの出家者の死に方や、遺偈《ゆいげ》などを学びました。小説家は案外遺書が少いのです。出家者は、何宗の坊さまでも、きちんと遺偈を残しています。特に禅僧はあらかじめ、または臨終の間際かに遺偈を残しています。どれもみなそれぞれにカッコいいので、私は文筆家としても、僧侶としても、何か歌か句を残しておきたいと思いながら、それもまだ出来ていません。それどころか、天台寺に私の造った二百基の同じ型のお墓の一つを私の墓と定めているのに、その墓に刻む墓碑銘《ぼひめい》すら、まだ書いていません。今となっては、いつ死ぬかしれないので、どうしてもその言葉を書いておかなければならないのです。天台寺へ行く度、今度こそと思いながらまだそれすら果していないのです。遺書も正式のものはありません。「死に支度」はそういうことも必要なのに、毎月その小説の締切にうなりながら、何ひとつ現実的に必要なことが出来ていないのは、誰よりも、モナが承知しているでしょう。

モナがよく私に文句をいいます。この忙しい時に、なぜ人に逢う約束をするのかと。

二十六のモナにはわからないだろうけれど、私の年になると、誰に対しても、これが逢う最後かと思ってしまうのです。ま、ひそかに心の中で、この世の別れを告げておこうという気持が先だって無理にも逢ってしまうのです。あれこれ葬式のことなど話しあっているものの、実は私は生前葬というものをすでにしてあるのです。

二〇〇六年十一月私の八十四歳の時、文化勲章を受章したのです。モナが十八の時かしら。その年の一月にはイタリアの国際ノニーノ賞という、イタリアの東北の国境に近いウディネという町のノニーノ家という醸造《じょうぞう》家が選定する、その時三十一年も続いているという文化賞も貰ったの。その年の十一月に文化勲章が舞いこんだのです。長い作家生活の中で、自分は賞には縁が薄いと思いこんでいたので、これにはびっくりしました。

その年の暮、私はこれまで小説家として世話になった編集者を居所の知れない人まで探し出し、お礼の会を開きました。生きていた方々は、ほとんどが参会して下さった。二百人余りもいて、何十年も逢わなかった人も含めそれぞれに老けてはいたけれど、昔の面影は残っていてなつかしかった。私はその時の挨拶に、

「今日は私の生前葬です。よくいらして下さいました」

と言ったのです。私としては、そのつもりの会でした。八十四歳というのは、すでにいつ死んでも不思議でない高齢です。参会して下さった人々も、私と似た年の人たちが全員の三分の一はいた。私たちは酒を酌み交しながら、何

十年も前の共通の思い出を語り、笑いさざめいた。

これでもういつ死んでもいいとしみじみ深い感慨にふけったものでした。

モナ、あの頃は私はさっさと歩き廻ったし、二時間余りの間、椅子に坐ったりはしなかった。二次会でもしゃっきりして、ずいぶん呑んで喋って平気だった。

あれが葬式なら、何と晴れやかで楽しい葬式だっただろう、そうだ、今更私は自分の葬式の心配などしないでいいのだ。そう思った時、急に肩が軽くなりました。

とすると、モナは私の死後にめぐりあったということになります。あの会に出てくれた人々も八年の間に次々ほとんど亡くなっています。

今も私が書きつづけているのは、幽霊の私が書いていることになります。幽霊はもう死なないのです。宇野千代さんが、

「わたし何だか死なないような気がする」

とおっしゃって間もなく亡くなったのは、宇野さんはその頃まだ、人間として生きていられたからなのでしょう。五十一歳で出家した私は、その時死んで

いたのです。それから書いたものは、正確に言えば幽霊の私が書きつづけていたとも言えるでしょう。人間の忘れっぽさ、特に私は忘れる妙技《みょうぎ》に長じているのでしょう。自分が幽霊であることを二度も忘れるなんて。

モナ、私は呆けても平気よ。モナのくれた赤や青の派手派手しいパンツだってはいて平気よ。もうお墓の字も、遺言もどうだっていい。部屋のちらかりだってどうだっていい。

私は死人なんだから、人の批評なんて気にしないでいい。今こそ私は本当に自由になった。

モナ、あなたの結婚式には必ず行って挨拶してあげます。その日は車椅子なんか使わない。モナの替りに若いイケメンの男の子を見つけて、その人の腕に支えられて、悠々と自分の席についたり、マイクの前に進んだりしましょう。

「モナを得た花婿は、ほんとに幸福な人です」と、大きな声でいいましょう。

モナは幽霊の私とつきあって、世にも珍らしい生活をしたのですよ。

私の所から早く巣立って、自分の中に眠っている可能性の種を育てて、鮮やかな大輪の花を咲かせなさい。死なない私はモナが九十二のお婆さんになっても、傍についていてあげます。

今夜の食事は外で食べよう。その前に「群像」の山田さんにＴＥＬして、最後の最後まで原稿遅れてごめんなさいとくれぐれも謝っておいてね。

私はこれからちょっと眠ります。幽霊も眠くなるのよ。

寂聴

解説

江國香織

死に支度、というどきりとするタイトルの連載を、瀬戸内寂聴《せとうちじやくちよう》さんがどういう心持ちで始められたのかは想像するのがこわいし、だから想像したくない。けれどここには紛れもなく寂聴さんの声があり、心がある。そのことに、私はまず驚いてしまった。こんなにも自然に、誤解をおそれずに言えばやすやすと、言葉と声、文章と心を同化させられるものなのだろうか、「六十年もペン一本にすがって生き」、「雨戸一枚開けず、お茶ひとつ沸《わか》さず、ひたすら起きている時間のすべてを書くことに費してきた」あかつきには。

ともかく自在なのだ。かざりけのない平易な文章は、水が流れるみたいにするすると読める。でも、水はひとところにとどまってはいない。水には行くべき場所があり、誰もそれに手出ししてはいけない。

この一冊の文章の連なりを、エッセイと呼ぶべきか小説と呼ぶべきかはわからない。でも、呼び方など問題ではないことはわかる。これは、このようにしてしか書かれ得なかった、豊かであかるい、軽やかな本だ。

寂庵を去る一人の女性から始まる。エッセイのようなのだが、ふいに、その女性がやってきたときの様子が、その女性自身の一人称で語られる。いきいきした小説。短いけれど鮮やかで、印象に残る。次にまたエッセイの体裁で、寂庵の〝革命〟があかされる。ながく共にいた人々が去り、若い〝モナ〟が残った。その顚末《てんまつ》もまた、モナ自身の一人称で、おそろしくみずみずしく出現する。この、あまりにも若く、かなり頓狂《とんきょう》な、あかるくかわいいモナと著者とのやりとりが、軸としてまずある（後述するが、すばらしい軸だ）。そこにたくさんの回想が発生する。ちょうど、流れる水が泡《あわ》を産むみたいに。文章はここでも小説とエッセイの垣根を軽々と越えて綴《つづ》られ、読者は寂庵のいまと寂聴さんのいまから、遠い過去へ近い過去へ連れ去られる。両親について、そのまた両親について、子供のころの記憶、北京《ペキン》での結婚生活、縁のあった人たちの思い出。

それにしてもたくさんの死がでてくる。肉親の死、かつての恋人や配偶者の死、交流のあった作家たちの死、一遍上人《いっぺんしょうにん》や山田恵諦《やまだえたい》お座主《ざす》、関山慧玄《かんざんえげん》といった高僧たちの死――。初めて死体を見たときの、「真新しい盥《たらい》の中に、藤右衛門爺《とうえもんじい》ちゃんがすっ裸で坐らされている。白衣を着た男の人が二人、裸の爺《じい》ちゃんの体を盥の中の水で丁寧に洗っている。白い毛の中にもぐもぐしているオチンチンまで丁寧に洗うのが何だかおかしい。お爺ちゃんは目を閉じたまま坐られるにまかせている。誰に聞いたわけでもないのに、この人はもう死んでいるのだと私にはわかっていた」という場面や、土葬のために「丸い棺桶《かんおけ》に正座」した姿勢で蓋《ふた》を閉められた伯母《おば》を見て、「たくあんを漬《つ》けるようだなと感じた」というエピソード、「いきとうない」と言いながら逝《い》った老舗《しにせ》の呉服屋の女主人の話など、死をめぐる描写はどれも鮮烈だ。

本書の冒頭で九十一歳の著者は、作中で、早く死にたいと口癖のように言い、「正直に言えば、私はもうつくづく生き飽きたと思っている。我《わ》が儘《まま》を通し、傍若無人に好き勝手に生きぬいてきた。ちっぽけな躰の中によどんでいた欲望は、大方私なりの満足度で発散してきた」と書く。死装束が、二足の足袋《たび》

（「お棺の中でよみがえったら、足袋をはきかえて帰って」こられるように）と共に用意されていることもあかす。

無論、人は誰でも一日ごとに死に近づくわけではあるが、九十一年間「生きぬいてきた」ひとのその一日の重さと切実さはいかばかりだろうと思う。が、ご本人は若い娘たちと、まつ毛エクステとか合コンとかパンツとかを話題にしてふざけあっている。その穏やかな日常の尊さ。

で、モナである。おっとりした、素直でやさしい、でも現代っ子そのものの彼女の言動、著者との丁々発止《ちょうちょうはっし》のやりとりには、微笑、苦笑を誘われ続ける。尽きないのだ。生命力そのもの。モナは文学少女ではない。だからこそ、良くも悪くも文学漬けだった著者の人生に、新鮮な風を吹かせられたのだろう。ここに描かれているモナの存在感と魅力は、寂聴さんがこれまでに書かれてきたたくさんの小説の、聡明だったり多情だったり破天荒だったり、悪女と呼ばれたり聖女と呼ばれたりするどの女主人公にもひけをとらない。というより、非凡で強烈なそれらの女主人公たちとはまったく違う在り方で、生や意志をめぐる壮絶さを内包したこの本に、光をさしこませている。たぶん、輝くばかりのその若さによって。

モナのお陰で、著者は笑ってばかりいる。〝なう語〟を使いこなせるようになり、マニキュアのことをネイルと呼ぶようにもなる。二人の手紙のやりとりは、べつな惑星に住むもの同士の交信を見るようで、胸に迫るものがある。

一方で、二人が生きてきた時間には圧倒的な差があり、持っている未来の時間にも、また圧倒的な差がある。本文中で寂聴さんの言う、「若い者には巻かれろ」という言葉がいい。そこにはおもしろがりの柔軟な姿勢と、大人の余裕、それにすこしの淋しさがある。

これは、なんだかやたらに美しい本で、読んでいてたのしく、でも同時に厳粛な気持ちにもなるという不思議な本だ。ラスト一行の見事さとかわいらしさには虚をつかれる。

●本書は二〇一四年一〇月に、小社より刊行されました。
文庫化にあたり、一部を加筆・修正しました。

|著者|瀬戸内寂聴　1922年、徳島県生まれ。東京女子大学卒。'57年「女子大生・曲愛玲」で新潮社同人雑誌賞、'61年『田村俊子』で田村俊子賞、'63年『夏の終り』で女流文学賞を受賞。'73年に平泉・中尊寺で得度、法名・寂聴となる（旧名・晴美）。'92年『花に問え』で谷崎潤一郎賞、'96年『白道』で芸術選奨文部大臣賞、2001年『場所』で野間文芸賞、'11年『風景』で泉鏡花文学賞を受賞。1998年『源氏物語』現代語訳を完訳。2006年、文化勲章受章。また、95歳で書き上げた長篇小説『いのち』が大きな話題になった。近著に『花のいのち』『愛することば あなたへ』『命あれば』『97歳の悩み相談 17歳の特別教室』『寂聴 九十七歳の遺言』『はい、さようなら。』『悔いなく生きよう』『笑って生ききる』『愛に始まり、愛に終わる 瀬戸内寂聴108の言葉』『その日まで』など。2021年逝去。

死《し》に支度《じたく》

瀬戸内寂聴《せとうちじゃくちょう》

2018年1月16日第1刷発行
2022年5月17日第7刷発行

発行者――鈴木章一
発行所――株式会社　講談社
東京都文京区音羽2-12-21　〒112-8001
電話　出版（03）5395-3510
　　　販売（03）5395-5817
　　　業務（03）5395-3615

Printed in Japan

講談社文庫

定価はカバーに
表示してあります

KODANSHA

デザイン―菊地信義
本文データ制作―講談社デジタル製作
印刷―――株式会社KPSプロダクツ
製本―――株式会社国宝社

ISBN978-4-06-293845-7

講談社文庫刊行の辞

二十一世紀の到来を目睫に望みながら、われわれはいま、人類史上かつて例を見ない巨大な転換期をむかえようとしている。

世界も、日本も、激動の予兆に対する期待とおののきを内に蔵して、未知の時代に歩み入ろうとしている。このときにあたり、創業の人野間清治の「ナショナル・エデュケイター」への志を現代に甦らせようと意図して、われわれはここに古今の文芸作品はいうまでもなく、ひろく人文・社会・自然の諸科学から東西の名著を網羅する、新しい綜合文庫の発刊を決意した。

激動の転換期はまた断絶の時代である。われわれは戦後二十五年間の出版文化のありかたへの深い反省をこめて、この断絶の時代にあえて人間的な持続を求めようとする。いたずらに浮薄な商業主義のあだ花を追い求めることなく、長期にわたって良書に生命をあたえようとつとめるところにしか、今後の出版文化の真の繁栄はあり得ないと信じるからである。

同時にわれわれはこの綜合文庫の刊行を通じて、人文・社会・自然の諸科学が、結局人間の学にほかならないことを立証しようと願っている。かつて知識とは、「汝自身を知る」ことにつきていた。現代社会の瑣末な情報の氾濫のなかから、力強い知識の源泉を掘り起し、技術文明のただなかに、生きた人間の姿を復活させること。それこそわれわれの切なる希求である。

われわれは権威に盲従せず、俗流に媚びることなく、渾然一体となって日本の「草の根」をかたちづくる若く新しい世代の人々に、心をこめてこの新しい綜合文庫をおくり届けたい。それは知識の泉であるとともに感受性のふるさとであり、もっとも有機的に組織され、社会に開かれた万人のための大学をめざしている。大方の支援と協力を衷心より切望してやまない。

一九七一年七月

野間省一